U0523774

李敖澤

KEY·可以文化

李敬泽作品

上河记

by
Li Jingze

李敬泽 著

Along the River

浙江文艺出版社
Zhejiang Literature & Art Publishing House

序

我将从黄河之源走到黄河的入海口,在黄河流域的广袤土地上漫游,走过山、原野、河流、村庄、城市。

那时是2000年。在那时,旅行通常是为了出差或者探亲,没有现实目的仅仅为了置身于彼,这样的事似乎并不常见。在那时,我被"行走"这个词所召唤,我想,你要任自己的意走出去,去往你未曾去过的地方,你得见见山川、世面,会一会陌生的人。

我的梦想、我的计划如虎,我的行迹如蛇。在那一年的五月,我意气飞扬地出发,当时我是《人民文学》的编辑,每个月把稿子发完就跑了,浪上半个月再回来,工作、发稿,再出发,如此到了秋天,这样的节奏渐渐不能维持。我走过甘肃、宁夏、内蒙古、陕西,然后窝在家里写出了一本《河边的日子》。

这是一本寂寞的书,很少有人读到。2007年我曾把它编入另一本书《反游记》,这个书名来自法国作家马尔罗。《反游记》大概也少有人读。

这是我极不自信的一本书,写出来之后,我自己也再不曾读过它。这种不自信,就体现在这本书当年的跋中,这篇跋的题目是《我一无所知》,显然是一种防御性姿态,我自己都说了一无所知你们还能责备我什么?——但是一无所知你还写什么呢?这个问题倒是难不住当时的我,人之病就在于自以为知,我来了、我在了,恍然知道自己的无知,这未尝不是值得写出来的大知。

然后就过了这么多年。我不是一个珍惜旧作的人,我写过那么多文字,当时常常得意,后来并不在意。2000年对我来说是一个特殊的年份,我去了黄河边,写了《河边的日子》,我还写完了《看来看去或秘密交流》。我可真能写啊,到了第二年,又开始给《南方周末》写"新作观止"的专栏。似乎只是在那一年,三十六岁的我才走着走着冲动起来,本来是在逛文学的街,忽然就一路奔跑。但无论当时还是以后,我从未试着给自己的写作赋予重要和持久的意义。比如那本《看来看去或秘密交流》,书出来我就把它忘了,直到十七年后才增补再版,改名为《青鸟故事集》。

同样的,我一直没有想起《河边的日子》。直到2022年的某日,有朋友说起他当年喜欢这本书,我当然知道这是我写的,我把它从书架上找出来,重读一遍,回到那些地方,回到二十二年前的那个自己身上。我想,我也是喜欢这本书的。

这本书像一艘船沉没在我的书柜最底层,它的时钟停留在2000年。书之外,时间前进,人事代谢,沧海桑田。二十二年前的那个我和那个世界都没有充分意识到:这一切,即使是亘古山河,原只是此时此刻,都在时间与历史之流中呈现为不可复现的殊相,青冰上牡丹开,青冰上无牡丹。

正因此,这本书最宜忘了,然后在后来的某一天想起来,翻一翻。这是穿越,是重返二十二年前,现在侵入往昔,他乡原是故乡。李商隐的两句诗最是浩渺奇幻:星沉海底当窗见,雨过河源隔座看。恍兮惚兮你不知那写诗的人在哪里,他看着窗外星沉海底,他看着大雨仅在一座之隔掠过黄河之源。

当然,二十二年过去,我自己也变了。如果回到当年新源里那幢高楼上的电脑前,我必会写出另一本很不相同的书。为此,我专门增补了一篇《自吕梁而下》,那是2019年的我所写。

是的,重读这本书时,我并不喜欢2000年的那个我,我一边读着一边刻薄地嘲笑他,他那份在人世中的羞涩、行文时那种小心翼翼的谨慎,有时简直让我无名火起。但是,最终我还是感激他在2000年突发神经地进行了那次漫游,那确实是我的决定,那次漫游一定程度上确定了、标记了后来的我:对田野、对山河故人、对实际的而不是理念的人世与人事的持久热情和向往。

更重要的是,二十二年前的我召唤了我,我意识到,那次旅程并没有结束,此时此刻,我依然梦想着、计划着很可能不可能的旅程:我会在某一日继续行走,直上河源,而后掉头沿黄河而下,走上次没有走完的路,山西、河南、山东,走过春秋战国的、北方的大地,走到黄河入海之处。不是为了写另一本书,只是为了莽莽苍苍、人间行过。

原书题为《河边的日子》,现改为《上河记》,黄河远上,上河为记。

2022 年 5 月 3 日下午

目 录

厚土红城　　　　　　　001
从渡口到渡口　　　　　023
合作的夜晚　　　　　　046
在草原，在大夏河边　　063
蝴蝶与花儿之浪　　　　087

寻常萧关道　　　　　　106
海原狼至雨　　　　　　130
城堡　　　　　　　　　147
天翻地覆时　　　　　　174
同心路上　　　　　　　189

百灵地	217
瓷盅下的榆林	232
米脂街头的堂吉诃德	251
梦一场及遍地红花	266
自吕梁而下	278
我一无所知	293

厚土红城
2000 年 6 月 5 日

我将从最厚的土开始——

那天是 2000 年 6 月 5 日，我的脚下是地球上最深厚的黄土。"深厚"不是修辞，它确实最深最厚。据说有一天，来了一群人，在这儿搭起架子打眼钻洞，后来就宣布这里是地球上最深的黄土层，厚达 430 多米。

此地名为西津坪，在兰州附近，大概是兰州的西南方吧——我现在必须在地图上重新确定每一天、每条路的方向。

站在最深厚的黄土上，思考它的意义。

……于是，大海干涸，风带来黄土，黄土归于大地。土厚的地方就叫它高原，土薄之地就叫它平川；高原上要有人，就有了人，人将测量土有多厚，测量岁月有多长……

再后来，我就站在那儿思考 430 米厚的土地上生长着什么：一种陌生的绿色植物。朋友告诉我，这是百合。

此地为"百合之乡"，路上一块大牌子上写着：

欢迎来到百合之乡！

对面另一块牌子则是"人口警钟天天敲，计划生育时时抓"。

对百合我所知不多，我知道这是一个纯洁美妙的词，百合花什么的。除此之外我知道有一道常见的菜是"西芹百合"，估计其中的"百合"就是这地里长出来的。

最厚的土里长着百合。

向北去，沿国道去往永登方向。从地图上看，庄浪河自北向南注入黄河，这条蓝色曲线上由上而下缀着"永登""红城子""苦水"。

甘肃大旱，陇东大旱，永登大旱。永登是接近兰州的一个县，公路两旁是连绵的黄土群山。山很干燥，山上的草枯黄，在夏天，这山仍是冬天的山。黄土在阳光下有一种金属般的质地，硬，洁净。

到苦水。这个名叫"苦水"的地方遍地盛开玫瑰。据说在深圳，在北京，你怀抱中的玫瑰常常来自苦水。

"苦水玫瑰"，这是个美妙的故事，我将留着它慢慢地、仔细地讲述。

让它含苞待放。

从兰州到苦水，所有的山上都布满了花纹，缭乱、单纯、无穷无尽的线条在每座山上盘旋，这是最有耐心的画家的作品，他从山根画起，一点一点画到山顶，然后下来，画另一座山。他让群山无限抽象，抽象得快要疯掉了。

那是羊，羊是画家。羊群踏出小道，它们日日年年在山上行走，山就有了纹理。

不过，一路上没有见到一只羊。羊在哪儿？

"在餐桌上。"司机说。

然后就到了红城子——

在红城子的村街上，我已经走出很远，忽然被一老汉追上，他说，杨家有个门楼子，旧得很呢。

有着旧得很的门楼的杨家，我去过了，但老汉不知道，老汉拐着一条腿追过了两条街。老汉如儿童，对新奇的事、新奇的人，比如这个端着长筒相机在街上转悠的家伙，他怀有欢欣的善意。

在照片上，老汉天真地笑着，他手扶一把铁锹，姿态显得拘谨。平时他一定不是这样拿锹的，这把锹现在不是他的工具，而是道具，是我在镜头对准他之后忽然说，能不能把锹拿上，对，就这样，好——

老汉站在自家门前，门内深处有一堵影壁式的土墙，墙上开一洞神龛，供奉着"土地"。夕阳下，"土地"隐于阴影，日子深稳、安静。

"这老汉，老红军呢。"看热闹的妇人指着老汉笑。老汉慌忙否认："不是，我不是。"我也笑，老汉也就六十多岁吧，不至于是"老红军"。

被观察者有更锐利的洞察力，后来那老汉在村街上追我，因为他知道，该城里人远远地跑来，只为寻找红城子旧日的痕迹。

在1999年版的《新编实用中国地图册》上，第93页，你可以找到红城子，一个橘黄色的小圈，代表乡镇或村庄。有两条细线穿过，一条也是橘黄色，是公路，另一条紫红色，是铁路。

此刻，我在北京，从我的楼上下去，顺着一条时而紫红时而橘黄的线，我抵达红城子——红色的小城。夯土的城墙环绕着它，纯净的黄土闪耀着清冷的银光；在城墙外，莽莽松林覆盖每一重山峦，我看见庄浪河是一条精力充沛的大河，看见庙宇的金顶、喇嘛寺的白塔、清真寺的新月和唤楼从绿树间升起，迎向深蓝的天空。

我从宽大的城门进城，我走在纵贯南北的大道上，一队载着货物的骆驼高视阔步，车夫们正把一驾驾马车赶进客栈的大门。大道两边是鳞次栉比的店铺，鲜亮的店招在风中飘摇。我注视街上的行人：他的瞳孔金黄，他头戴白帽，他身穿斑斓的藏袍，他腰挂蒙古长刀……有一刻，忽然一切都发出声音，市声如潮将我淹没，我于嘈杂中依稀听见熟悉的乡音：鼻音浓重如同伤风的山西话，还有山陕会馆中热闹的锣鼓、高亢的秦腔。

在那时，福泰堂药店生意兴隆，我听见我念诵店门前那副黑底金字的楹联：

春荣珂里兰芬桂馥祝三多
甲满花龄力歇身劳增五福

我看见一所宅院的门上挂一对朱红的宫灯，保老爷的轿子正停在阶前；我看见杨木匠家的门楼正新；我看见三枚铜钱在我的掌心，火喇嘛喝一声："丢！"哗啷啷铜钱撒在黑漆的桌面上……

在红城子，我走进感恩寺。

山门内，没有香客或游人，几个木匠停下手里的锯和刨子，看着我。一场大规模的修缮工程已近尾声，空气中有淡淡的油漆味儿。庙如寻常人家，崭新、安静，等待着某个世俗的喜庆日子。

厢房里出来一位瘦小的老者，俗家装束。

昔日的车马店

"看庙啊？"老者问。

我说是，看看。

老者便不再问，转身引我走进二进的大门。这寺格局小，进二门上首是大殿，一方院子正中摆了两盏不知是铜是铁的莲花大灯，院子就显得逼仄。

我指着问："旧的，还是新的？"

老者说："新打的。"

殿门紧闭，老者从腰间摘下一圈钥匙，开锁，推门，赫然一尊大佛。

我本无心拜佛，但佛门开了，也就随缘。殿内阴凉，看佛，佛有一丝笑意。信步走去，见沿墙供奉一圈神像，一尊尊看，但觉狞厉阴鸷，攫人心神，一时间恍如行于梦境，脚下不由得仓皇。从大佛身后转过来，却见一方阳光在门内浮动，老者立于供案旁，神色安详……

告辞时老者道一声："再来啊。"向外走时觉得好笑，一句"再来啊"其实是俗家送客口吻，我知道我是不会再来了，我已经"来"过了多少寺庙，来了，去了，只是清风明月，雁过无痕罢了。

待出山门时，忽见左首一排厢房有小门半开，走过去看，一青袍老僧端坐炕上，双目微合。想了想，何必打扰呢，正欲抽身，那老僧蓦地喝一声："看啥哩！"

我吓一跳，见老僧圆睁双眼，精光暴射，以为是探头探脑地乱看惹得老人家发作,正支吾不知所对,只听又喝一声:"看啥哩!"

猛地悟到他是要为我看相,慌忙间也想不起该看啥,随口说:"看婚姻吧。"

老僧掏出三枚铜钱:"丢!"

我取过铜钱,哗啷一把丢在炕桌上。

"再丢!""再丢!"连丢七把。每丢一把,老僧便在一张黄纸上画些怪异的符号,口中念念有词,最后抬眼盯住我:"问的啥?"

我只好再说一遍,问婚姻。

老僧声如洪钟,在这间窄小阴暗的僧房里,他用一种似乎响彻前世今生的声音向我陈述我的命运……

走出感恩寺,阳光猛烈。街上无人,土路有很深的车辙,这街上每户人家都有宽大的门,在从前的某个时候,成队的马车隆隆驶来,紧闭的大门哗然敞开,迎接远来的商旅。

但现在,门后是寻常的农家。这条街的右侧依稀一带残垣,那曾是红城子的城墙,感恩寺应该是在城墙外吧。我想起那姓保的老人说的话:

"过去,城墙外边都是庙,关帝庙、文庙、和尚庙、清真寺……《封神演义》里的各路神仙也都有庙。"

那些庙曾经慰藉着来自遥远各地的旅人,但现在只余建于明朝弘治年间的感恩寺,似乎五百年时光不曾流逝,这座密宗之寺里永远有一个姓火的老喇嘛——

"请问师父法号?"告别时我问那老僧。

"姓火,火车的火。"

"一直在这寺里吗?"

"八代了。"

是保老人告诉我该去看看感恩寺的。那时我从山陕会馆出来,村街两边有些店铺,卖日用杂货,还有农具。其中一间挂着"庄稼医院"的牌子,站住想了想,我知道那是卖农药的。房子都是北方农村随处可见的样式,红砖,平顶,有的墙面上贴着马赛克。一处院墙上大字写着:

长期院内屠宰

——应该是宰猪或宰羊。

接着我就看见了那幢木屋,是它的破败让我注意到它,那不是在岁月中衰老,而是挣扎着的破败,古旧的房子如一只蹲伏在地上的大鸟,瘦骨嶙峋,羽毛凌乱。

后来我对保老人说:"这房子该拆了。"

保老人眯着眼睛想了一会儿,说:"搁着是个东西,拆掉就是柴火了。"

我无言。是啊,"东西"和"柴火"的区别就在一念之间,这一念也不过是对先人、对我们所来之处深怀着一点念想。

在这院子的东房,有一间供奉着保家的先人,保老人指着正中的画像说:"这是我的爷。"旁边是一张老照片,旧式乡绅装束的老夫妻端然而坐,那是"我父母",相框却是新的,银色的铝合金,背后有几行字:

> 孙男保贤在此新旧世纪交替之时,借此新春佳节来临之际,为祭先人育后人聊表诚心谨制。96.2.8

在这间屋子里,血脉的传承如此郑重,人世间原也有令人肃然的秩序。

保老人的父亲在新中国成立前当过"科长",游宦于甘肃各地,保老人的哥哥保建屏曾就此赋词,调寄《天仙子》:

> 先父生前爱作诗,孤身一人独来去。外县干公四五次,靖远县,大河驿,酒泉皋兰河州急。

此为上阕,下阕在我的笔记本上字迹漫漶不可辨识。这是个"爱作诗"的家族,在中国的乡间,依然有这样的耕读文人,我不知道他们是古老传统的孑遗还是破碎的乡土中国的强悍灵魂。我所遇见的每个乡间文人都直截、坚定、偏执、猛烈,对一个来自京城的知识分子来说他们是顽石,我有点怕他们。

但谁知道呢?也许他们其实离京城更近,很多年前,保老人的祖父保老太爷就曾身在京城,那时他是"太学生"或"太学士":"进过皇宫的,带回来两盏宫灯。"

我问:"那宫灯还在吗?"

保老人黯然:"没了,早没了。"

宫灯没了,但在这破败的院子里,每一根柱子、每一扇门上都贴着标语——只好把它们叫作"标语",因为在我的词汇中找不到更恰切的词,但保老人肯定不认为他在写"标语",他只是裁一叠红纸,研墨提笔,四字一句,一句一条,书写他的世界观:

蜡梅报喜。瑞雪迎春。搞好生产。争取丰收。为民创业。替国争光。

红花吐艳。春风送暖。勤俭多福。和睦永昌。人勤春早。肥足粮丰。

在供奉祖先的房前倒是有一副对联:

辞旧岁祖国华诞光宇宙
迎新春中华腾飞赤乾坤

横批是:

满院春风

显然这是保老人得意之笔，他拈髯笑道："看出来没有，把三件大事都写进去了。"

三件大事？后来我边走边想，半天才想起，1999年是有"三件大事"。

在感恩寺的东边，顺着村街拐进去，就是杨家的门楼。那门楼曾经华丽，但似水流年洗尽朱紫，手贴上去，手心能感觉到木头道道瘦挺的筋脉。

门楼老了，老了的门楼宁静直接地呈现，这时你就能看出它的构思多么复杂，充满了无功用的装饰性因素，梦一般弯曲的翘角、排列如阵的榫头、精巧的镂花，似乎门楼不是为了遮蔽与敞开，它仅仅是一件作品，由自尊的匠人以精确的工艺、宽阔的想象力耐心地雕刻出来。

那时在兰州、在整个甘肃，人们都知道这位姓杨的木匠，人们把他称为"木头圣人"。

在"木头圣人"起盖的宅院中，摆着一台木工机器，大概是电锯，还有几堆码摆整齐的木棱木板。踟躅于青年和中年之间的男子提着一把钉锤——他是"木头圣人"的曾孙，他依然是木匠，杨木匠。

杨家的楼阁

那门楼曾经华丽,但似水流年洗尽朱紫,手贴上去,手心能感觉到木头道道瘦挺的筋脉。

"什么木？"

"青冈木。"

"木头从哪来？"

"宝鸡、天水来。"

"做什么？"

"做马扎。"

杨木匠话少，我们抽着烟，有一句没一句地聊。马扎，一种可折叠的轻便木凳，我记得小时候家里有过，夏夜去街边乘凉往往带个马扎。现在据杨木匠说，马扎的主要用途是钓鱼者随身携带，一年做两千多个，成批卖到兰州去，每个六块钱，能赚一到两块。

"那也就是三四千块钱吧。"我说。

杨木匠摆手苦笑："有时活做了，拿走了，钱要不上。……只当丢了。"

一只黑鸟在东房的檐角上叽叽喳喳叫，抬头看它一眼，立刻不叫了。东房是一幢木楼，上下各一间，上边那间较小。即使现在，红城子的民居中也少有楼房，"木头圣人"当年一定怀着骄傲建造了这幢楼阁。站在院中仰望，屋顶就镶嵌在碧青的天上，檐角的那只黑鸟一动不动，如木雕。

杨木匠忽然喃喃自语，木价又涨了。做出活来，卖价又跌了。

关于木匠杨家，还有一些重要的细节，分别是"贞节匾""端午节"和"鲁班"——

贞节匾

悬挂于东楼底层门楣，黑底金字。匾是旧匾，但字迹清晰可辨：

恭送太淑德杨母哈老孺人花甲吉旦
亲友谊仝鞠躬
德重年高
现任职前署理皋兰县县长乡愚弟王学泰鞠躬拜撰
永登县洪城高级小学毕业乡愚晚庄睿鞠躬敬书
民国二十六年古三月夏浣

民国二十六年为公元1937年，杨木匠的祖母哈氏六十大寿，红城子的名流送匾为贺。似乎这个工匠家族在"木头圣人"的儿媳手里未曾中衰，六十三年前，楼阁犹新，日子鲜亮、富态。

杨木匠告诉我，这是"贞节匾"，祖父死得早，祖母守寡多年。对此我感到怀疑，毕竟是1937年了，我怀疑"现任职前署理"的县长和"高级小学"毕业生是否还会给人送贞节匾，况且匾文并无彰表贞节之意。

但杨木匠坚持说，这是贞节匾。在家族的记忆中，鲜亮、富态的日子已经消散,这块匾被改成了晦暗、坚硬的道德见证。

我没有和杨木匠争辩。

端午节

杨木匠的母亲慈祥、利落,比她的儿子健谈。"明天就是端午节了呀。"她说,似乎对我忘记了这个节日感到惊讶。

端过一大盘包子、一大盘花卷,杨母说:"吃啊,老远地来,又是过节。"

包子是韭菜馅的,花卷是白面和上姜黄、苦豆子,苦豆子是什么我到底没听明白,大概是一种野菜吧。我吃了两个花卷,花纹的缝隙间有黄色,想是姜黄染的;苦茶浓酽,花卷柔韧,喝口茶,再咬一口,觉得端午节其实是简净的节。

"端午节,吃粽子吗?"

"咱这边不长粽叶呀。"

就都笑。

鲁班

临出门时,我忽然问:"那上边,现在做什么用?"

杨木匠顺着我的手指,回头看了看东楼二层,说:"供鲁班,鲁班知道吗?木匠的祖宗。墨斗、角尺是鲁班爷传下的。"

1935年,中瑞西北科学考察团由新疆返回内地。车过红城

子,斯文·赫定写道:

> 1月27日,汽车又驶进一条5米的地下路,途中我们遇到了几辆大车,拉车的骡子见到汽车有些紧张,它们抬起前蹄,用力地刨着地,还不停地在原地转着身子,周围撞起一片尘土,汽车贴着大车驰过。经过红城子村时,路在一排房子与河堤间穿过。路旁的林阴道装点着河堤。(《亚洲腹地探险八年》)

——仅此而已。对汽车上的旅人来说,红城子是地图上一个小圈,它是空的。河堤、林荫道和一排房子,在汽车窗外一掠而过。

那么,为什么《新编实用中国地图册》上会标出红城子,因为它是乡政府所在地?但实际上并非所有的乡都被标出,第二天我去过兰州附近的青白石乡,同一张地图上却没有青白石。

也许某种隐秘的、遥远的事物支配了制图者。当在兰州和永登之间画上那个小圈时,他并非反映行政区划,他在表达某种记忆。这记忆在一代一代制图者心中传递,记忆的最初图景已经模糊不清,只剩一个单纯的、几乎无意义的名字:红城子。他必须把它标记在地图上。

在记忆的最深处,我看到那些被呼啸而过的汽车惊得萧萧长鸣的马或骡子，它们拉着大车行进在黄尘滚滚的古道上。2000年6月5日，我从兰州出发，沿着一条宽阔、寂静的公路北去，桑塔纳几乎是御风而行，车内鼓荡着夏季黄土高原上纯粹、明亮的风。两个多小时，车到红城子。在这两个小时里，我们超过了多少昔日的马车啊，古道西风中，它们仍在跋涉，清晨从兰州启程，抵达红城子时，城墙已在夕阳下伸出大片阴影。

于是，就歇下吧，这里有暖和的炕、热辣的酒，货物可以在这里成交，钱也可以在这里花掉。

所以，红城子有山陕会馆。它现在是"红城子乡文化站"，走进大门，迎面是雕梁画栋的戏台。登上戏台，看斜阳庭院，有华丽的荒凉。

戏台的横梁上，字迹如新：

大清乾隆二十一年岁次丙子孟秋朔三日辰时竖柱上梁
总理人巴执玉等虔诚谨志

乾隆二十一年，公元1756年，距今已二百四十四年。在这二百多年里，红城子经历了繁华和衰败。作为一个地理实体，它的意义是由马车确定的，此地正当那条横贯中亚的古老商道，由兰州到此正是一天的车程，于是它被确凿地、不可忽略地标记在地图上。

但"汽车贴着大车驰过"，把红城子的繁华留在了记忆里。

红城子有一幢房子，我将把它标记在我的地图上，连同那位姓张的老人，是他告诉我有那么一幢奇妙的房子。

我刚到红城子，我对红城子一无所知。姓张的老人对我说：

"那时我们这里全是森林，树多得很。盖房子全用木料。

"那时饿得没办法了，就拆房，卖木头，换钱。"

——前一个"那时"是一百年或八十年前，后一个"那时"是四十年前，1960年。

八九十年前，张老人的爷爷在红城子开设了福泰堂药店。微辛的药味至今尚未散尽。我站在柜台后，张掌柜曾站在这里招呼买卖，现在他的孙子正讲述他的故事：

"我爷爷，在兰州开过杂货店，后来又开了这药店。那时，生意好啊。照方抓药，那是小的，大宗的是卖药材……"

老人几乎是在自言自语。我看着柜台上落满尘埃，我想，似乎这个铺子只是暂时歇业，张掌柜去了兰州。他这一趟去得太久了，但是只要他在某个上午回来，就会卸下临街的门板，把靠在墙边的木刻楹联重新挂在门外，阳光猛烈地照进轩敞的店堂，空空荡荡的药架上又堆满了药材，药碾重新转动，隆隆作响，他的孙子依偎在他的身边……

然后我们就走到院子里，院子由北房、南房和西房围起，东墙下是鸡舍和猪圈，鸡舍的门是木格子花窗；南房屋檐下闲放着一张老旧的木床。

房子是清一色的松木盖成，木色沉黑，老了，但仍被很珍惜地住着：

"冬天暖和，夏天凉爽，雨下得再大房子都不漏雨，八十多年了，房顶上没有墁过一铁锹泥……"

说起这房子，老人像是在亲切地谈论他一个老兄弟。这时他的叔伯哥哥站在他身边，面相如佛。这处老宅现在就住着这两家人。

"那么，您的孩子们，他们就不想把这房子拆了盖新的？"我问。

老人愣了一下，忽然说："拆！他们想拆。我说那新房不好，砖砌起来，楼板一搭，实际上那房子冷得很哪，咱们这个地方不适合。"

"那最后听谁的，听您的还是听他们的？"

于是，这个姓张的老人就把那幢房子告诉了我。

那幢房子是这样的：它很大，两层，底层是北方农村常见的新式民居，红砖砌起，楼板一搭，有玻璃窗，外墙也许还会贴上拼出图案的马赛克。

但第二层，却是一处古旧的宅院，昔日的福泰堂腾空而起，然后稳稳地落在二十一世纪的新房上面。

总之，老人的设想是："盖两层，把这房子立在上面。"

我问："孩子们同意吗？"

六个孩子，三个在墙上

我向他们笑，他们也笑。

老人闷闷地说："我是这么想的，他们不想要。"

"您这工程也太大了，恐怕还真做不到。"

老人就有点急了："怎么做不到？做得到！"

好吧，做得到。我希望老人能把这奇异的房子盖起来，不管它是否盖起来，我都要把它标在我的地图上。

那天黄昏，我在红城子乡中心小学的校门外上车离开。这所学校的前身也许就是民国二十六年的"洪城高级小学"。放学了，校园清静，黑板报上大字标题是《春天来了》。"春天来了，花开了……"我能听到一个童音抑扬顿挫地念诵。但为什么是"春天来了"？现在已是夏天了呀。

后来就看见了文庙，它坐落在校园深处，殿顶有枯黄的杂草。这幢房子现在不是文庙，大概是荣誉室什么的，从门缝里看进去，见墙上挂满锦旗。

后来就走到了操场，一个男孩看着我，两个女孩吊在双杠上，也看着我。我向他们笑，他们也笑。

从渡口到渡口
2000 年 6 月 6 日

早晨，去青白石。原打算一早就赶往刘家峡，那儿有刘家峡水库，还有炳灵寺石窟。不过去刘家峡并不是为了看水库或石窟，我想看的是"祁家"，黄河上一个老渡口。

那何不先去青白石？也是一个老渡口呀。小李说。小李是一位记者。

青白石。在这黄土大地上，有个地方叫青——白——石，有一种坚脆、阴凉的感觉。

好吧，就去青白石。

从地图上看，青白石和刘家峡分处兰州东西，黄河九曲十八弯，弯过兰州就是青白石。在很多年前，如果我从长安出发，走宝鸡、天水、定西，那么我一定会在青白石渡过黄河，然后，就是河西走廊，西出阳关，还有春风不度的玉门。

确定了青白石的伟大意义后我就消停了，我和小李在车上聊天。话题始于渡口,后来就谈到了桥,原来青白石现在是有桥的,建桥的人中有一位名叫苏珏。

苏珏是修路的。他是个公路工程师,几十年里,他走遍甘肃,修建公路,在路上,他由一个青年变成老人。

但苏珏也修桥。在五十年代,领导认为,一个工程师,既然能修路,必定也能架桥。桥难道不是路吗?而且更重要的是,难道我们要让路停在河边,等着天上掉下一个桥梁工程师?于是,苏珏无话,为了他的路,他必须去设计桥梁。

他看着一座座桥按照他的图纸被建造,桥墩立起,桥面合龙。他满怀恐惧,他怕桥塌了。在他的梦里,桥塌的时候没有声音,默默地、松软地塌下去。

有一天,他从梦中惊醒,跑到河边去找他的桥。天很黑,下着大雨,什么也看不见,河已经吞下了桥,他觉得自己正在塌下去……

当然,桥没塌,苏珏当年设计的几座桥依然坚固伫立。但大雨大夜中,那个无助的修桥者曾在河边寻找他的桥,他怕他的桥丢了。

路上驶过一辆又一辆卡车,满载石料,地如其名,青白石是采石场。我们沿着黄河驶去,此时黄河宽阔,流于平野。

青白石还产葫芦——

我们进了村庄,向几个农妇问路:"渡口在哪儿?"

青白石的铁路桥,包兰线由此经过

"你们是买葫芦的吗？"农妇反问。

葫芦，为什么是买葫芦？按照农妇的指点我们继续向前，我想，大概青白石的葫芦熟了吧。

我们不断地问："渡口在哪儿？""渡口在哪儿？"这一带的河边是巨大的工地，车子穿行在沙堆、土堆、石堆、推土机、吊车之间，这个工地到底要弄出点什么来现在还见不出端倪，据说是高速公路。

总算离开了工地，似乎已经绕了很大的弯子，现在车子开上了狭窄的乡间土路，两边是菜地，种着许多到了餐桌上我才认识的蔬菜，我希望看到葫芦，努力看了一会儿，没有什么迹象。

"渡口在哪儿？"我们边问边走。

青白石的农村相对富庶，来甘肃几天，我已经学会怎么一眼看出一个地方是富是穷。比如，看屋顶。如果是平顶，这个地方就比较穷，因为降雨量小，平平的屋顶晒太阳；如果降雨量较大，屋顶就是斜的，下雨的时候看雨水顺着屋檐流下。青白石的屋顶都是斜的，接近山墙的时候很俏皮地翘一下。

临街的院墙上刷着标语，一个主题是计划生育，还有一个主题是电话：

你装我装大家装，装部电话奔小康。

装部电话好处大，全国各地能说话。

终于到了渡口，我问："这里是渡口吗？"

小卖部门前坐着几个小伙子，面面相觑，有的说："是。"有的说："不是。"

我有点傻了，不知道究竟"是"还是"不是"。眼前肯定是青白石的桥，在两山之间飞架于黄河之上，右边还有一座桥，是铁路桥。也不知哪一座是苏珏的桥。黄河在桥下翻滚，没有船。

小李也蒙了："我听说这儿是有个渡口呀。"

——原来他也没来过。

不管是不是，先照相吧。

提着相机乱转，走进了桥头的小村。房子依山而建，从路上一迈腿就走到了房顶上，低头看，院子整洁，几只鸡在散步，一老汉警惕地望着我们，还有个女孩子，十五六岁吧，转身一闪进了房门。

站在人家的房顶上端着相机照人家的院子，我觉得像一个傲慢的侵略者，便顺着山墙后面的一棵断树爬下去，一不小心差点闪了腰。

绕过山墙，老汉还站在门口，继续用那种眼神看我。走过去搭讪两句，老汉忽然怒冲冲说了一大篇话，我是一句也没听懂，暗自后悔刚才不该站在房顶上照相，谁要是站在我的窗前往我屋里照相我也得跟他急呀。

便扭头看小李，小李笑："他以为你是乡里边下来丈量宅基地的，好像是有什么纠纷。"

辞别了老汉，出门，不知下一步该往哪里走。刚才问老汉青白石以前是不是有个渡口，老汉说有。在哪儿呢？老汉阐述了一番，听得小李一脸茫然。那个女孩子走了出来，抢过话头，她的普通话说得好，原来老渡口就在她们学校附近，而她们学校很好找，先向左再向右拐个弯再向左两条岔路走右边……

只好回到桥头，再向那几个小伙子打听。说了好一会儿，小伙子们终于确定我们不是乡里来的干部，然后他们之间就展开了关于老渡口在哪儿的讨论，一派认为就在这儿，一派认为不在这儿，认为不在这儿的对于到底在哪儿又有不同意见……

最后，我对小李说，我们还是走吧。去祁家。

青白石，记忆中的渡口，现在有了桥，还将有高速公路。

掉头西去时已是上午十点多了。从兰州北部穿过，上213国道，一路狂奔。

刘家峡在永靖县，永靖在临夏回族自治州。黄河在青藏高原上绕一个大弯，经龙羊峡、松巴峡、积石峡，奔向刘家峡。

从地图上看,大通河、湟水、庄浪河、洮河、大夏河都在刘家峡一带注入黄河,如果换了我,非要建一座水库的话,我也要把它建在这收纳百川的刘家峡。

山渐渐润泽,草是绿的,但树仍少,有时山顶孤零零立着一棵树,一座山养一棵树。

山气渐渐阴凉,能闻到水的味道。

入永靖县境,看路边的标石,不知何时已经拐上了309公路。忽然前边传来锣鼓声,近前一看,一群农民正抬着两顶花轿在公路上跑。心下大喜,这下撞上了热闹,想必是送新娘,不过却不该有两顶花轿呀。

下车相问:"这干什么呢?"

一老农答:"转神呢!"

转神?转了一下神我才想起来,噢,就是抬着神仙在街上转。

这可是真正的"转",几个人抬着轿,发一声喊,跑出十几步,落轿,笑眯眯向我们看,过一会抬起来,一阵风掉头从我们面前冲过去。我想那轿里的神也要被转晕了。

"什么神?"

"二郎神!"

"什么日子呀要转神?"

老人看看我:"五月端午呀!"

转神

这可是真正的"转",几个人抬着轿,发一声喊,跑出十几步,落轿,笑眯眯向我们看,过一会抬起来,一阵风掉头从我们面前冲过去。

原来今天是端午,昨天在红城子还吃了端午的馍,怎么倒忘得快。

"二郎神,庙在哪儿?"

老人伸手一指,抬头看,山坡上一处村落,一所红砖小院前竖一旗杆,神幡高挑。

那就是二郎神庙了。一口气爬上去,见这庙并无匾额,进院门左手一间小屋,几个汉子蹲在屋外闲谈,上边是一排瓦房,房门紧闭,窗外却摆着一张香案,几支残香在炉中烧着,两只母鸡寻寻觅觅。

房子是新起的,宛然寻常人家。一尊神就在这里安居。

下边公路上一阵鞭炮响,淡蓝色的烟雾散开,这村子、这人和神都有了喜气。

倒真像办喜事呢。

离开王家圈——对了,那村子叫王家圈——忽然想起一件事:

不对呀,二郎神的轿子怎么有两顶?

小李笑,另一顶是娘娘的呀。

中午,到永靖县城。

在一清真饭庄吃手抓羊肉。说到羊肉,每个地方的人们对自己的羊都有绝对自信,比如我在宁夏,人们斩钉截铁地断言,宁夏的羊最好。怎么个好法呢?他们说,我们这儿的羊,你吃不出羊味儿来。羊无羊味为佳,这真是一个有趣的标准。甘肃的羊你也不能说不好,甘肃人谈起他们的羊就像谈论他们的亲人。

吃完饭,在街上闲逛,见小店橱窗里累累堆积硕大的面饼,状如面包,烤得焦黄,想必就是"大馍"了。大馍干硬,易于保存,吃的时候用水一泡即软,所以长途旅行总要带着几个。在这里,大馍曾经标志着财富和体面,红白喜事上,它是必不可少的礼物,有时甚至会因此引起一场战争。

来时看《东乡县志》,光绪三十年,马麻进的儿子办喜事,另一个村子的亲戚前来,按礼俗,本应送五十个大馍,那帮亲戚却空着手,各自只带了一张吃酒席的嘴。马麻进大怒,双方大打出手,事情演变成两村八百余人的械斗,出了一条人命,惊动官府。

此为"大馍之战",载入本县历史。有时两国之间血流成河的征战又何尝不是"大馍之战"?

车出永靖县城,在土塬上转呀转,只觉得越转越高,转过一个山脚,一片碧青的大水扑面而来——这就是刘家峡水库吧。

下车,到水边,见清水溅溅,心中无端感动。这是黄河的水,黄河的水竟也可以清。

问路边烟摊主人:"是祁家吗?"

祁家渡口

河的此岸是永靖,彼岸是东乡。

答曰是。

这里果然是个渡口,宽阔水面的那一边,渡轮正在驶来;这一边临水的坡道上停着等待过渡的车辆,一共七台。

没有水库时,祁家就是渡口,河的此岸是永靖,彼岸是东乡。后来有了水库,祁家仍是渡口,但不再有木船、羊皮筏子,除了渡轮,岸边还泊着几条铁皮小船。渡轮晚上七点下班,再想过河就得坐小船了。

渡轮渐渐近了,上有卡车、拖拉机、面包车,还有两辆轿车,一黑一白。到岸停住,车一辆一辆开下来,一些乡民甩着手车前车后走。我和小李上了渡轮,一边寻思过渡的船钱要多少,五块还是十块?几个戴大檐帽、穿制服的船员正忙着指挥这边等候的车辆上来,并无收钱的意思。

站在船边,感觉大水涌动。李娜正在高音喇叭里唱:"青——藏——高——原——"我觉得她不该在这里唱,她在这里让尖锐的嗓音螺旋式上升,好像有一台搅拌机在疯狂转动。当然,这不怪李娜,高音喇叭架在渡口附近的山坡上,那里有一座新建的度假村,让几百里外的城市人跑来吃喝拉撒睡,他们把这座水库当成他们家的下水道。

汽笛短促地一声闷叫,岸上跑过来一群花花绿绿的女人,"快点,快点!"渡轮的船员,一个五十多岁的汉子大叫,然后快乐地看着女人们叽叽喳喳地上船,像落在船板上的一群飞鸟。

开船了。

那五十多岁的汉子是个快乐的家伙,他走来走去,向每个司机收钱,大声探讨对方昨天晚上是不是活儿干得太累,一边嘎嘎地笑。他似乎认识每一个人,似乎每一个人都是他的邻居,走过我们面前时,他一指我的相机:"好长的炮筒子啊!"说罢大笑,我也笑。

古人说"三生修得同船渡",这汉子是现代的船夫,他是懂得一个"缘"字,所以没来由地与人相亲。

显然过渡的行人是不收钱的。船驶向对岸,那里早又有几辆车等着,渡口上边是个小村庄,山坡上疏落地长着玉米,有两个人蹲在田头。

刚才上船的一群女人都戴着头巾,她们是东乡人吧,从东乡来逛永靖县城,现在是在回家的路上。她们每个人都认真地嗑着瓜子,过去搭话也并不回答,看着你,从嘴角飞出两片瓜子皮。

到岸了。船上的车都发动起来,轰鸣得让人性急。我和小李慌慌地下船,顺着斜坡状的公路往村里走。只听一片喧嚷,一辆长途车疯了一样从我们身边冲过去,几个农民边喊边追,有一个纵身跳上敞开的车门,回头伸手去拉另一个在地上跑的。车消失在坡路的尽头,我看到的最后景象是那被拉住的人正吊在车外拼命蹬腿。

长途车应该是收钱的,上车的人也应该是有钱买票的,车上的人又不是很多,何必非要让人这么惊险地跑和追?我想事情是这样的,如果我是司机我会因此感到快乐,我一下渡船就要猛踩油门,然后看着一个又一个人像蛤蟆一样跳上来,直到最后,在后视镜里,我看到那些没跳上来的"蛤蟆"渐渐消失……

车走了,人也散尽。我和小李站在村头,看一块石碑,上刻两个大字——"祁家"。

先不进村,向右拐,爬上山坡,有两处黄土夯筑的院子落在田间。走到近前,见这院子门上挂锁,只有一头黑驴拴在门外嚼着草料,驴眼看人,无知无畏。只好向另一个院子走,见那房子的山墙下部有三个巴掌大的黑洞,估计是炉灶和火炕的烟道。转过去,到了院门,门虚掩着,喊了两声,并无人应,便推门走进去。院子宽敞,一溜北房,两间西房,均是夯土平顶;南边依着土丘掏了几个洞,洞里有的堆着柴草,有的空着。院门右首也挖进去一块,搭着棚子,一只小羊拴在一个石槽边。

"有人吗?请问有人吗?"

没人。

很安静,午后的阳光照着,整个院子是温暖的黄。

房门都没锁,但终究不好推门进去。照过几张相,我说:

"走吧。"

刚出院门,就见一少年挑一担水过来,小李说:"肯定是这家的孩子,挑水去了。"

近前一问,果然是。便跟着少年回家。少年十六岁,皮肤其实是白的,脸上有阳光染出的酡红,瞳孔深处跳荡着两点金光,让人想起神话般的撒马尔罕,少年的祖先就来自中亚那个遥远的地方。

东乡县的全称是东乡族自治县,聚居着十几万东乡人。他们没有文字,但有东乡语——属于阿尔泰语系蒙古语族。他们几百年前被蒙古大军带到这里,据说他们原是撒马尔罕的撒尔塔人。

东乡少年挑着水进了厨房,我和小李跟进去,见房里砌着一盘灶,灶台上搪瓷盆子里堆着几个馍。"洋芋馍馍。"少年说。少年话不多,有礼,是一种容让的"礼":你们这些无礼的人,不请自进,一直跟到我家的厨房……

我们又跟着少年出来,少年说:"屋里坐,喝茶吧。"少年的普通话说得不标准,但清晰。

"不坐了,不喝了。"我说。又问少年:"今天不上学?"

"早不上哩嘛。"

"不上学干什么?种地?"

"是,种地。"

"几口人,几亩地?"

"五口人，四亩地。"

于是我就说了傻话，我说："那还够吃了吧？"

少年不答，金色的眼睛看着我。小李在一旁笑："那哪够吃啊！"

我讪讪地看小李："走吧，别打扰人家。"

小李说："小伙子，照个相行不行？"

少年摇头："不照呢。"

少年把我们送出院门，看着我拍下了院门外依着土丘挖出的厕所和柴房。

少年告诉我，他的名字叫"马乃"。

我和小李向村头走去，不知怎的，都有点意兴萧索。

重新站在村头，看这公路从远处来，从村中穿过，消失在水中。祁家是路尽头，也是水穷处。很瘦弱的一个小村，公路两边散乱着一些屋宅，行人寥寥，是荒凉的宁静。

往村里去，右手一条小径缘坡而上，一拐弯，正有老妇人推门走出，便站住搭话。老妇人披着白色头巾，看上去像电影里的修女；她的话我基本听不懂，只听小李跟她一来一往地说。

"浪着呢？"

"浪着呢。"

这两句我听出来了。我觉得"浪"字用得好，像我这样可不就是"浪"着呢吗？

老妇人

她的衣裳朴素、洁净,她的左手拿着碗,她站在她的家门口……

然后他们就谈起了儿子、病痛、时间和死亡：

"时间不到死不下……

"时间不到死不下……"

老太太反复说着这一句，她的眼里含着泪水。

她的衣裳朴素、洁净，她的左手拿着碗，她站在她的家门口，那是一间土房，她说：

"时间不到死不下。"

我不愿意再打扰她，我有点怕听那句话。我为她照相，在镜头里，在快门按下的一刹那，老人笑了。

原路折回，我问小李："她说的什么？"

小李说："老太太孤身一人。有一个儿子，但儿子有病，也管不了她。"

回到公路，走出十几米，见路边有一座土房，门板上写着两个大字"住宿"。这是我见过的最破败的客店，我觉得一阵风雨就会把它摧垮，但它还在发出信息，它告诉人们：这里是"住宿"之地。

我特别想在这里住宿，可惜走近看时，门上却挂着铁锁。

客店的后面是一片宽阔的场院，四周断续围着土墙，地上散乱着柴草。现在不是收获季节，场上只有几只不知名的鸟在飞起飞落。一根高杆的顶端架着一只喇叭，我仰望那只喇叭，天上有白云磅礴翻卷。我想，这就是在无数小说中出现的中国乡村的喇叭,它是权力的象征,但现在这只喇叭寂然无声,像停留在高杆顶上的一只鸟。

我们走向小学校,在这之前,碰到一个村民,听说我们要去学校,热心地把我们一直领到校门口。正好有几个小家伙走出来,见两个陌生人端着相机探头探脑,立时兴奋,炸了窝一样尖叫、蹦跳,其中一个站到我的镜头前,做出一系列鬼脸和怪样。

进校门,迎面两排砖房是教室,应该是放学了吧,孩子们却不急着回家,都在玩呢。那边墙根下,女孩子正跳皮筋,那灵巧地跳着的孩子穿着快要长及膝盖的罩衫,斜襟、立领,白底儿上撒着鲜亮的黄花,倒像民国初年的小女子。

从两排教室间穿过去,就是后院了,左首却是个工地,已经打好地基,看样子是要盖房。右首三间砖房,门上挂牌子,是教师办公室。其中一间敞着门,探头看,见一桌人正划拳喝酒。一壮汉出门来,问:"找谁?"

我想了想,看他也不像个老师,就说:"找校长。"

壮汉就回头喊校长,应声出来一个中年女人,一看就是校长了。

小李上去搭话,说:"这位是北京来的作家,来咱们这里采风。"

来到甘肃,最不爱听的就是这两句。"北京来的作家",说的时候通常把重音放在"北京"上,似乎"北京"这个词让我的体重增加了几斤,而"作家"呢,就显得心虚,介绍我的人和听介绍的人都有点拿不准该怎么确定我的身份:听上去他是个"人物",况且又是"北京"来的,但该"人物"和他们没有什么关系。

至于"采风",我听了就更是忸怩。人家不是"风",我也无心来"采",我觉得我倒是一阵小风,从这里刮过去,了无痕迹。

校长笑,温暖却有分寸,对她的学生她也是这样笑的吧。校长介绍了学校的情况:这是一所五年制小学,有三个复式班,四十多个学生,连校长一共三个教师。刚起了地基的房子是新校舍,因为前边那两排教室已是危房。

"谁给的钱呢?"我问。

"英国人给的,给了二十万。"

说话间,另两个女教师也出门走过来,年纪都在二十多岁。屋里的划拳声愈加铿锵。

三个女教师领着我们走向前院。小李悄悄说:"那喝酒的是包工队。"话中有不平之气。

我倒心平气和,这就像平常人家起新房,请工匠们喝酒,本来也是一团喜气吧。

拐到前院,进了教室,因是西房,下午教室里已显得阴暗。仍有十几个孩子散坐在桌前看书。

校长说,六七十里外有一所戴帽初中,虽然这里离永靖县城很近,但要上高中却得到东乡县城。

从小学到高中的十多年,对这些孩子来说是漫长的路。

"是啊。"校长说,"最远的是马志龙,他家到这儿要走二十多里。"

我看着马志龙,那是个戴着白帽的孩子,高而瘦,坐在窗边,眼睛看着窗外,他显然知道我们在谈论他,他看着窗外,表情敏感、孤傲。

我走出教室,我不想打扰他。

在校园里,我提出为三位老师照相,老师们很郑重地站成一排,注视镜头。这时刚才那个做鬼脸的小家伙跑过来,大叫一声:"照也白照,不给相片!"

老师们仍在微笑,我不禁脸红,小鬼头说了真话。

告辞时,我问:"工资发了没有?"

校长笑:"四月份刚拿上。"

小李说:"不错了。"

离开祁家,上渡船。船上那快乐的汉子依然快乐着。我递去一支烟,汉子接过点上,深抽一口,说:"好啊!"然后两手比画着,"这么长的一条蛇,泡了三年了。中午喝了几盅,好啊,好。"

他的"好"尾音悠长,像叹息,你能闻到蛇酒馥烈的气味。

"这船上多少船员啊?"我问。

读书的东乡孩子们，第二排靠窗的是马志龙

从小学到高中的十多年，对这些孩子来说是漫长的路。

三十二个。汉子告诉我,三十二个人里包括退休职工。这渡口由省交通厅管理,一年拨款六十万,赚二十万。

"那岂不是要赔钱?"

"可人总得过河呀!"汉子说。

水面上仍回荡着聒噪的歌声,这回换了刘欢。

"那度假村,"我指着那座建筑,"客人多吗?"

"现在不多,七八月份可就多了。一晚上八十呢。"汉子说完,意犹未尽,忽然伸过头,放低了声音,诡秘地说,"到夏天,小姐们都来了。"

我想,在这汉子的眼里,那地方是个遥远、陌生的世界。

聊了一会儿,汉子开始转悠,和司机们说笑。走到一辆满载红砖的拖拉机跟前,他拿起一块红砖,随手一磕就断为两截,汉子笑:"你这是什么烂砖!"

开拖拉机的小伙子并不答话。我问:"这砖往哪儿运啊?"

小伙子看我一眼,说:"祁家。"

我没再问。小学校里正等着用砖呢。

往回赶。车近永靖县城,经过一座大桥,往下一看,吓了一跳:桥下竟是黄水滔滔。

停车细看,水是从刘家峡水库下来的,但水库里的水明明碧蓝,何以出了闸门就断然又是黄色?

疑惑着上了车,车向前开去。

合作的夜晚
2000年6月7日

醒来阳光灿烂，一只蚊子飞舞。附近似乎有个学校，高音喇叭里正喊着拍子，做广播体操。现在是第二节课和第三节课的间隙，上午十点，一个停顿，短暂的欢乐。

昨晚大醉，大醉之后沉睡，酒精把头脑擦得闪亮。忽然想起一个朋友恶毒地嘲讽女作家的写作：她们每天早晨永远不会痛痛快快地醒来，她们一定会脚指头先醒，然后是腿，然后是肚子、胃，最后醒到头发梢，她们麻烦不麻烦啊？当然，男女有别，男人通常先从脑袋醒起，我们一睁眼先找自己的脑袋，啊，它还在，这就好。特别是大醉之后，捧着脑袋，如同死里逃生。相比之下，我认为还是女人正常，脑袋放在身体上，至少不会乱跑。

6月7日，要去甘南。后来，大概是6月11日吧，我在书店里买到了一本《甘南藏族自治州概况》，甘肃民族出版社1987年6月第一版，这本书的第一页上写着：

甘南藏族自治州是我们伟大祖国民族区域自治地方之一。这里草原辽阔，河流纵横，森林茂密，物产丰饶。生息繁衍在这块土地上的藏、回、汉各族人民，在开发利用自然资源、改造生活环境的斗争中，创造了历史和灿烂的文化。特别是解放后的三十多年来，在中国共产党的领导下，各民族团结友爱，同心协力，奋发图强，为建设社会主义新甘南辛勤劳动，取得了巨大的成就。

但在6月7日早晨，我对甘南几乎一无所知，当然我知道它在甘肃南边。但人们说："你一定要去甘南。"

那就去吧。

汽车穿过市区，向北开去，去甘南应该向南啊，但老叶在前座扭过头来说，吃羊羔肉，一定要去马菇拜！

所以6月7日中午，我差点被马菇拜的羊羔肉撑死。当然，人应该有口德，把一只刚满月的小羊牵来炖着吃让我心中不安，但我是个无聊的伪君子，我吃完了一大盘，抹抹嘴，又要了一盘，真好吃啊。

装餐纸的塑料袋上印着马菇拜的广告，上写着：

马菇拜

满月羔羊
勺下会友

正文是：

大家都知道，这里是政府开发绿化区，条件艰苦，到现在还是拉水营业。卫生条件就是水，餐厅的心脏就是后堂，从后堂起是做人的笑。

就这样，我店以自来水的设备、污水道投资，永远高于其它（按：应为"他"）羊肉三倍的满月羔羊，价量却四季长（按：应为"常"）青，以民族风情式的服务，以实践是真理，真话是认识，受到社会各界友人的支持与厚爱，走向成功之路不是小菜一碟。

老叶把它朗诵一遍，两人都笑，都说，这样好的文字我们写不出来。这大概是饭馆主人马菇拜自己的手笔，一个回族人，也许念过小学，汉语在他笔下有点笨，但天真，我们这些专业写字的人是不可救药的不笨了。

的确，这个饭馆的水要从市内运来，它位于"六公里八"，出了市区到这里正好是六公里八，马菇拜在"八公里八"还有一间分店。

没有水。马菇拜对面的山上是一片片新栽的树，这是"政府开发绿化区",那些荒山被分配给各政府机关,他们必须让它绿。坐在店堂里,你可以看见山上的树一片绿而一片更绿,那片更绿的树刚刚被水洗过,那是从远处的黄河抽提过来的水,再压上山,通过喷淋设备在天空画出一条旋转的水带。

"黄河之水天上来",这里每一棵正在生长的树都在花钱。

吃完饭,我们上车。门前的停车场上停了十几辆车,老叶说,到了晚上车会更多。车入市区,把老叶放下,老叶又把头伸进车窗说:"注意安全,成功的路不是小菜一碟。"

6月7日,晴。中午一点多,从兰州出发,向南,去甘南。车是从国税局借的,一辆红旗车。接下来的日子里,这辆车即将飞奔一千公里,它最后被我生生地坐成了一台拖拉机——喷着黑烟,边走边跳,哐啷乱响……

但现在,它还是一辆好车,公路平坦,车开得很轻很快。开车的张师傅四十多岁,矮胖,他开着这辆车已经跑遍了大半个中国。"只有西藏和云南、贵州没去过。"张师傅说。

五点三十分,车过临夏,这时已经走完了大约三分之二的路程。在我的笔记本上,写着一连串地名:

沙沟桥、巴下、安家咀、沙塄、太石镇、辛店镇、康家崖、三甲集、宗家、景家、祁家集、孙家、寺后子、潘家、双泉、赵家、大杨家、王家、马家咀、买家巷、曾家、三合乡、蒿马沟、卅里铺。

这是从兰州到临夏一路经过的村镇,这些名字镌刻在村头的石碑上,公路穿过村庄,石碑在车窗外一闪而过,我急忙抓住那个名字,把它记在本上。回头看时,村庄已经远了,路上有两个孩子、一头羊。

所以村庄并没有遭到侵犯,它只是被急促地看了一眼,好比一只鸟从它的上空飞过。那么多的村庄从天上看下去是一模一样的:红砖瓦房,都很新,好像所有的村庄一夜之间从地面上长出来;安详宁静的村庄,那里住着姓赵的人,或者姓康、姓曾、姓买、姓王……村庄的姓氏如一滴血,包含着也许久被遗忘的往昔秘密。

后来,我像所见甚少而议论甚多的游客一样,断言甘肃和政、广河一带的村庄是北方农村最洁净的村庄,洁净而自尊,至少绝不把垃圾堆在院外或路旁。

这一段路一开始是顺着洮河东岸走,过了康家崖,就是临园大桥,站在桥头照了一张相,然后就到了洮河西岸。顾颉刚先生六十多年前曾说,洮河东岸为汉民,西岸为回民,现在依然大抵如此。过桥不远就是三甲集,在广河县境,是甘肃著名的旱码头,如果你是个皮货商人,你不可能不知道这个地方。车在拥堵的街上缓慢移动,张师傅说:"我们这里有句话,洮河东面有一万元做一千元的生意,河西面一千元做一万元的生意。"

——这为顾颉刚先生的话下了一个注脚。

顾颉刚先生1937年到过甘肃,写下了一本《西北考察日记》。五月间在北京开会,我和红柯同屋,他带了一本《甘青闻见记》,其中就有《西北考察日记》,拿过来翻翻,就放不下了,分别时这本书还留在我手里。反正他也是从别处借了不还的,不义之财,取之可矣。

在顾先生的自序中,他说:

> 既久居宛平,借铁道之便,遍涉黄河流域。当其登名山、渡大川、吊故城、搜残碑,固凤凤乎其观,覃覃乎其味哉,然而农村之凋衰,人民之暗弱,刺于目而伤于心,恍若末日之将至。民国十二年游河南、山西,二十年游河南,北及山东、陕西,所至之地,不忍视而又不得不视,泪承于睫,以为如不急为之谋,不但亡国,且灭种矣。归与都市中人言之,不措意也。……予既不得同声之应,遂欲以天下事为己分内事,而遽易其昔者寂寞穷经之心志。……及热河失而北平陷大包围中,亟思识边塞之事,是以频年游于平绥线上,且越阴山而达百灵庙,饮酪卧毡,与蒙古之主张自治者谈,因晓然于边疆问题之严

顾先生（前排正中）当年在甘肃与教师们合影

序

予年十五六，得闻朴学报而好之，甚欣慕志实。申叔诸先生之绪余，以整理古文籍自期。是时肄业于淮中学，值中辉先生询予二三年来为何所持。予不虑而对曰：顾为经学家尔。盖予生梁仲为惠定宇、余仲林、江艮庭之梓乡，示镇竹汀、秦茂堂、俞曲园等诸学者之地。每敢携所行、经师传注读书，力而俯为别择而择，其不及矣示就肆览焉。难不甚了了而心喜其方法之密、搜集之富，与其提出问题之新颖，以为吾人必学若斯乃为真学问。继之概予既转于讲肆之外阁户深研，乃决舍历经革命，时代潮流汹涌衝击，失其定力。思自麇於现实之逐，而安居涵泳颂含旧学，以迎叶书为我生之素业。盖于不日觉中辈舸调，知习惯之难移也。一有大擧辈、吾诸师友社论古史，一时有风行革新颇序曰："处时代中，獗凤蓑雨，无人不曾紐经马。溧濬为夤搱迎掬之衡，哀乃闻公案予之诸。不同嫌S说实胶节。"时囗始清 [印]

重性。……

——立志寂寞穷经的书生变成了以天下为己任的斗士,当年一代精英的心路历程由此概见。现在,在近七十年后的歌舞升平中,顾先生那代人的痛苦抉择遭到质疑、非议甚至轻薄的嘲讽:大风浪来了,人不该被卷了去,哪怕是卑微地趴在地上。

1937年4月21日清晨,顾先生得到消息,日军特务机关已开出一份逮捕抗日分子的名单,顾先生因创办通俗读物编刊社,向底层民众宣传民族意识而"名在前列"。当天他便孤身出奔,离开危如累卵的北平,绕道绥远(今内蒙古)前往故乡苏州。这一路烽火连天、炮声震地,顾先生的原意是回乡读书,但苏州已不可读书,8月13日,淞沪抗战爆发,16日,邻近的苏州遭到轰炸:

敌机两次来,下午三时半来二十余架,六时半来九架,轰炸声巨,窗棂震动。婶母及两妹初次经此,惊惧而哭。

8月21日,顾先生接到管理中英庚款董事会来电,委托他前往甘肃、青海考察教育,便料理了家事,赶赴兰州。

从1937年9月到1938年9月,顾颉刚先生在西北一年。一代史学大师此时在"行动","深入基层""访贫问苦",他的忧患和他的热情都无比真实，他把发展教育作为拯救国难的途径，这是他能做的，于是他就做了。

我无法得知顾先生的努力结果如何，也许唯一的结果就是一份《补助西北教育设计报告书》，它早被遗忘在浩瀚的档案中。顾先生最终回到大学，继续考辨古史、研究边疆史地——当然在二十世纪三十年代，一个研究边疆历史地理的学者心中怀着尖锐的忧思。

还有这本《西北考察日记》，后来有一天，我发现我在6月7日的旅途有一段与顾先生重合：

> 1937年10月4日
>
> 早四时三十分起身，六时出发。过巴下寺、李家湾、沙塄俱未停。十时四十五分至洮沙县……下午二时出发，三时过辛店未停，是即瑞典安特生（J. G. Andersson）博士发得彩色陶器处也。此种陶器，当地人家多有藏者，入古董肆，小者售五六元，大家亦仅十余元耳。四时十分到康家崖，稍息。六时三十分到新添镇……

巴下、沙塄、辛店，看来我和顾先生是在康家崖分手的，他南下，我西行。车过辛店时，张师傅告诉我，这里卖古董陶器的甚多，我当时并不在意，随口问一句："是真的吗？"

"假的。"张师傅说。

1924年安特生在临洮县辛店村的发现后来被命名为"辛店文化",用以概指分布于黄河上游及湟水、洮河、大夏河流域的先民遗迹,其时约在公元前一千年。有大批彩陶出土,但现在卖的当然是假的,卖了近八十年,真的也该卖光了。

临夏是临夏回族自治州首府,车子穿城而过,然后顺着213线公路南行,笔记本上的地名有铜匠庄、枹罕、双城、马集乡、王格尔塘、唐尕昂、卡加曼,到合作已经傍晚七点多了。

这是一段令人愉快的路。路面平滑洁净,车很少,有时你会感到路只为这一辆车而伸展。后来我又去过宁夏、陕西,甘肃的路是最好的,用心地养护着,有时路面上有修补的痕迹,那是熨帖的补丁。

张师傅话不多,我也有点累了,两人都沉默着,风从窗外呼呼地灌进来。山渐渐绿了,风中有了潮湿的凉意,路边村庄里的清真寺一座又一座,蓦地,前方绿树中一座白塔掩映,张师傅说:"看,进甘南了。"

白塔一闪而过。

不同的人群在大地上比邻而居,我刚刚渡过洮河,现在我又经过了那座不知名的白塔,几个身穿艳丽藏袍的妇女正在公路上迎面走来,她们身后跟着一条小黑驴。

我回头望着她们的背影,知道我进入了那个神奇之地。

甘南路上堆放的蜂箱

车在山间盘旋，此时的山已不是黄土高原，山体裸露处是坚硬的岩石。山上的树越来越茂密，我贪婪地看，我没有想到在甘肃会有这样的绿。

——直到大片的青稞地铺展开来，树才渐渐退去。此时山势变得舒缓，太阳西斜，投下大片的阴影，青稞地像毯子一样柔顺地覆盖着起伏的山。那是一种难以描述的绿，鲜嫩得令人屏息，阳光下的绿是透明的，阴影下的绿在暗暗流淌。你也许会想起平原上春天的麦田，不是的，那不一样，麦田的绿是被人照料的绿，一派家常气象，青稞地的绿是自在的，它像是一种不可理解的奇迹。

这时，真的冷了。

"把车窗关上吧。"

张师傅说。

合作，本来叫黑错，藏语意为"首领"，一说为"羚羊出没的地方"，大概在五十年代改译为"合作"，一词双关。这里是甘南藏族自治州的首府，看起来是山间一个狭长的盆地。

傍晚时分，街上的行人不少，穿藏族服装的倒不多，但车经一座大寺，许多披着红袍的喇嘛在门外闲逛。

张师傅不仅没去过云南、西藏，他也没来过甘南，所以不断地停车打听："州国税局在哪里？"

一路打听着，我们顺着一条大街向东去——我感觉是向东——经过了州委、州政府、州人大等等，向北拐进一条巷子，终于找到了国税局。

我站在院子里，感到阴寒砭骨，这里海拔近三千米，六月中旬才进入春季，所以我是猝不及防地由夏天掉进了早春。身上只穿了一件T恤，想着一会儿天黑下来肯定更冷，便看见张师傅带着两位中年人走出来。握手，寒暄，后来我知道他们一位是州国税局的副局长，姓麻，另一位也是司机，姓杨，仪表堂堂，一副领导模样，所以我把这位杨先生当成了局长或主任。至于麻局长和杨先生，我估计直到第二天分别，他们也没搞清我是谁，来干什么。

麻局长说："走吧，吃饭去。"

我说："我得先买件毛衣。"

高原上，晚上八点多天还亮着，转了两家商店，买了一件羊毛衫，当场就穿上。店里的衣服大多来自浙江，价钱却不贵，我的这件羊毛衫一百二十元。

吃饭时照例要喝酒。西北的敬酒方式暴烈，几个酒杯放在一个盘子里，敬酒者端着，二一添作五，两人一气喝干；敬到下一位，还是那几个酒杯。后来谈起此事，北京的先生小姐皆曰："那多不卫生啊。"我想想，也觉得不卫生。但在西北的酒桌上，此事与卫生无关，沿桌转了一圈的酒杯是一种信物，相互陌生的男人们分享着同一个杯子中的酒，我们就真的认为我们不再陌生。

所以，6月7日的晚上，我和麻局长、杨师傅很快就称兄道弟了。喝下去的酒多，说出来的话多。

麻局长指着杨师傅说："老弟，你看他像哪里人？"

相面一样看了一会儿，我说："像南方人。"

杨师傅便有点得意，说："我们家本来就是南京人。"

"南京？是来支边的吗？"

"不，"杨师傅说，"我们家可早了，明朝就过来了。"

麻局长说："他家在临潭，那个地方的汉族好多是明朝过来的。你现在去临潭，村里有的女人的衣裳还像是明朝的式样。"

麻局长想了想，叹道："那地方怪呀，那年我去冶力关——就在临潭附近——农民干了一天活儿，累得半死，可一到晚上，你看吧，姑娘、小伙子骑着自行车、开着拖拉机，都来了。来干什么？跳舞呗，又唱又跳，直闹到小半夜，第二天一大早又起来干活儿。天天都是这样。"

我最终没有去成临潭。那天晚上，我急切地想去临潭。"明天就去吧。"我说。但杨师傅说那边正在修路，车子开不过去。张师傅拿出地图，告诉我如果去临潭可就没法儿去积石山了，方向正好相反。

后来又读了《西北考察日记》，我想我和一个神奇的地方失之交臂，我竟转过身，背对它走了。

临潭县亦属甘南，位于洮河上游，从合作顺着那条该死的、狗日的路，向南去就到了临潭。这里是藏、汉、回杂居之地，果如杨师傅所说，汉民大多是明初由南京、徐州、凤阳等地迁来。六十多年前，顾颉刚先生到临潭，见妇女着凤头鞋，履尖上翘，头上云髻峨峨，走在人丛中倒像进了博物馆，不禁叹为快事。

临潭的南京人都说他们的老家在南京城里纻丝巷，但顾先生的学生王树民认为，纻丝巷很可能是当时移民集合出发的地点，就像山西洪洞县的大槐树。那些人从那里踏上漫漫长路，很多很多年后，一首歌还在他们中间流传：

你从哪里来？我从南京来。你带得什么花儿来，我带得茉莉花儿来。

甘南无茉莉花。茉莉花在记忆中芳香扑鼻。

那天晚上，我独自走在合作的大街上。这里的夜晚是醇厚威严的深黑，我几乎是惊慌地走向每一处有灯光幽微闪烁的地方。我想起1997年的夏天，在青岛，我向海中游去，不知游了多远多久，忽然发现天是纯净的青色，身前身后涌动着无边无际的黑，恐惧蓦然攥住我的心脏，我想我永远也游不回去了……

没有电话。这条街上只有几家商店还开着门，但是没有公用电话。招待所的磁卡电话也坏了。难道合作的人就不打长途电话？但我必须找到一部电话，在这三千米的高处。

还是没有。我继续向前走，我不知道我走到哪儿了，也许我会找不到回招待所的路，但我向前走着，似乎我走了几千里路来到这个叫合作的地方，就是为了在今天晚上，在无边无际的深黑中打这个电话。

终于，又有一扇虚掩的门泄出灯光，这是"爱民商店"，我推门进去，一个老太太和一个警察惊愕地看我。

"能打长途吗？"

"能，你打吧。"

我提起话筒，拨号，然后是空荡荡的长音。

长音无穷无尽……

在草原，在大夏河边
2000年6月8日

拉卜楞寺的照片消失了。在相册里，我看到我和几个人坐在帐房前的草地上，那是在桑科草原，我们盯着镜头傻笑，我想我们都喝多了。下一张照片是远处山脚下的一座寺庙，这是德尔隆寺，离拉卜楞已经很远，我站在公路上拍下了这张照片。

那么，拉卜楞在哪儿呢？我记得我曾拍下辉煌的金瓦屋顶、敞开的和紧闭的殿门、蓝天下的幢幡和法轮、富丽的酥油花、鳞次栉比的僧舍和对面山上神圣的树林，但是都没有了，似乎我从未去过拉卜楞寺，我从桑科草原径直奔向德尔隆寺。

现在是10月2日，草原上应该已是冬季，大雪覆盖了拉卜楞寺，穿着红袍的喇嘛走过空旷的庭院……我当然去过拉卜楞，那天是6月8日。至于为什么没有照片，我思考的结果是这样的：

第一，胶卷丢了；

第二,照片丢了。

也许还有第三种可能,就是有一个神秘的空洞,那些照片顺着这个空洞滑进了神的废纸篓里。不过我不打算像很多去过藏区的人一样马上变成神秘主义者,我的看法是,神,如果他在的话,他大概也没心思跟我这样的人显示他的在。

所以,我只能依靠我的记忆,记忆中的拉卜楞寺。记忆不可靠,我喜欢一切多少有点不可靠的事物。

先从一枚戒指说起。在拉卜楞寺前的广场上,我买了一枚戒指,黄铜的,上面用梵文刻着六字真言:"唵,嘛,呢,叭,咪,吽。"据站柜台的喇嘛说,它来自印度。我把这枚印度戒指戴在手上,带回了北京。后来有一天早晨醒来,忽然发现手上没有戒指,它丢了。

下面说说那群南方人。听口音是江浙一带的吧,二十多人,大概是一个旅行团,但既没有人打着小旗又没戴统一的遮阳帽。我不得不跟他们走在一起,因为导游的年轻喇嘛一定要等到游客成批。他们是交了导游费的,所以实际上我是沾了人家的光,但我依然忍不住想把他们一个一个踢出去,因为他们一直在七嘴八舌叽叽喳喳地发表评论和提出问题。

在一座佛殿,我们碰见了两个外国人,一男一女。洋人谁都见过,但问题是这两个洋人居然由一个喇嘛领着,便有一领导模样的中年人挺身发难:"他们就两个人,怎么也有一个导游?"

"是啊是啊是啊是啊外国人怎么啦怎么啦?"

我站在一边,研究这些人炸锅的原因,他们认为仅仅两个洋人就享受一个导游的服务,这不公平。我看着我们那位年轻的喇嘛,他真是修为功深啊,只见他脸上淡漠如水,说了句:"他们交的钱多。"

安静,一下子安静了五六十秒,然后才又是忘我的聒噪,没有人再问"外国人怎么啦?",显然那五六十秒的安静是在向更多的钱致敬。

我想我当时有点心虚,不知他们是否发现还有一个没交钱的家伙混在他们中间?我越走越慢,看着那群"麻雀"渐行渐远,拐过一处殿角,消失不见。

拉卜楞寺这时真的安静下来,一座连着一座的殿堂投下长长的阴影,一只不知名的鸟飞过,一扇门吱呀一响,回头看却没有人。

远处传来鼓乐声,铜铙"哐哐"地带领着鼓乐,听着喜庆热闹。循声而去,院门紧闭,推开一扇,只见二十多个喇嘛走成一个圈子,每人都双手高举,掌心向外,口中随着鼓乐的节奏呜呜低吟。旁边是一支喇嘛乐队,席地而坐。二层藏式楼房的台基上坐着两个老喇嘛,用藏话不时指点,像是导演。

我躲在门后，把镜头伸出去一通狂拍，没人理我。三四个七八岁的小喇嘛追逐嬉闹，其中一个忽然向这边跑来，又忽然停住，睁着一双大眼睛看我。我涎着脸，百般做亲善状，小家伙却只是静静地看我，看一会，扭头就跑。

那时候我还不知道照也白照，所以一口气拍完了一个卷，心中就有点得意，没跟着导游走，反看到了特殊的景致。

回到车里，张师傅睡眼惺忪地看看我，问："完了？"

我说："完了。"

"那咱们走吧？"

"走！"

对拉卜楞寺，我还记得什么？我记得医药学院殿内悬挂的唐卡，那时我才感觉到唐卡之美摄人心魂，在幽暗的殿堂，酥油灯的光是静止的，唐卡的金色、银色和青色柔和安详，细致的、不厌其烦的线条如微波荡漾。

我记得弥勒佛殿里陈放着累累经卷，那是《甘珠尔经》，蘸着金汁和银汁书写的秘不示人的智慧。

还有酥油花，酥油塑出的众神和天堂，殿内飘荡着浓重的奶香，殿外有一间"菩萨商店"。

当然，我知道的比我记得的更多。现在案头就有一本《拉卜楞寺概况》，由此我知道"拉卜楞"在藏语中的意思是"活佛的府邸"，1709年建寺，为黄教六大名寺之一。我知道我所见到的那群喇嘛是在演练法舞,为他们伴奏的是著名的嘉木样乐队。

相传创建拉卜楞寺的第一世嘉木样活佛在由西藏前来拉卜楞途中,随从弟子要求奏乐,大师道:"按佛规是不应当奏乐,你们要奏就奏吧。"

——安详、自在的嘉木样。

前往拉卜楞的路是欢乐的。6月8日早晨,出合作向南,连绵的群山新绿如洗。山都不高,应该算是丘陵吧,反衬得天高。我在张师傅的车上,麻局长在杨师傅的车上,两辆车放荡地跑在崭新的公路上。我说:"我来试试吧!"

张师傅慌忙摇头:"不行不行,开下去怎么办?"

我笑:"开下去再开上来呗。"

张师傅也笑了:"你可慢着点。"

为什么要慢?我和张师傅换过座位,一踩油门就是120迈。这是宽阔的山谷,这是柔软的草地……

前边是一个村子,一群藏族女人和孩子在路边看着我的车,车停下来,孩子们继续看我,母亲们扭过头去眺望远处的山谷,那边有一群人和几匹马,皆小如豆粒。

没人理我。当然就算有人理我我也不知道人家在说什么。麻局长十几岁就在藏区,据说藏话比汉语还顺溜,但现在他被我甩得影儿都不见。

我提着相机走过去，村子顺着山坡伸到路边，村头有一座红砖砌的塔状嘛呢堆，顶上置一块白石。实际上我不能肯定这是不是嘛呢堆，因为在它旁边另有一大一小两个真正的嘛呢堆，就像照片或电视里见过的那样，是石头堆成的圆锥。村子不大，把镜头拉远，能看到村后的山坡上有一间小庙，然后往下看，一片平顶砖房、土墙院落，和甘肃的汉族民居一样；但仔细看，屋顶下有彩绘的檐口，那种图案就是藏族风格了。

还有电线杆子，七八根，电线纵横交错，举着相机比来比去总躲不掉。后来一想，为什么要躲呀？见了电线杆子就觉得碍眼？你要真想拔电线杆子也得先拔你们家楼下的呀，跑到这儿犯什么毛病？

于是就消停了，就连杆子带电线一块儿照了去。事已至此，我就把刚才省略没说的事也说了吧：宽阔的谷地上，其实有一个接一个的铁塔像巨人一样由远方走来，电线和光缆随之延伸到中国的这个偏僻角落，铁塔哐哐的脚步震撼大地，这就是"进步"啊——

麻局长终于赶上来了，一下车就说："今天是插箭节！"

插箭节，什么是插箭节？还没来得及问，麻局长就指着远处大叫："快看，你快看！"

远处山坡上刚才还小如豆粒的人们正纵马飞奔而来，近了，近了，路边的女人和孩子们尖声大叫，从镜头里我看到那些马几乎在飞，我疯狂地按着快门，狂风刮过，马冲到终点，

卡木合村头的嘛呢堆

村子顺着山坡伸到路边,村头有一座红砖砌的塔状嘛呢堆,顶上置一块白石。

插箭节赛马

远处山坡上刚才还小如豆粒的人们正纵马飞奔而来,近了,近了,路边的女人和孩子们尖声大叫,从镜头里我看到那些马几乎在飞……

那是我们右侧的山坡，那里又有一个塔状的嘛呢堆，一群男人在欢呼。

"赛马呢。"麻局长说，"插箭节要赛马。"

现在，我已经知道插箭节是怎么回事，《甘南藏族自治州概况》一书对此做了简要的介绍：

> 插箭节实为祭山神。藏族原信奉象征性的地方神，属原始多神教的一种信仰，藏语称"拉卜则"。它通常为一丛状物，用木杆、木片制作成箭镞或刀状，插成一丛，用栅栏围定，外垒以石块，上缚条形或方形经幡，缠以羊毛等物。各地插箭是祭祀本地方神的一种群众性活动，多在春暖花开的五、六、七月间举行。……插箭开始由僧人诵经，地方长官致祭，祭酒、献哈达，绕"拉卜则"石堆转数圈，然后礼成。这天很多人迁（按：疑为"迁"字）帐携酒肉前往，有的人住数日之久。节日里还举行马术表演等活动。（《甘南藏族自治州概况》第49页）

书读到这儿，我忽然想起来，麻局长曾指着远处山顶上有旗幡招展的地方对我说过什么，我当时没在意，现在想来，大概那就是"拉卜则"了。

接着走。麻局长坐到我们这辆车上，张师傅坚决不肯让我再开，麻局长也说："从后边看着，你们这车都快飘起来了，小心轧坏了人家的羊。"

我干笑两声，把话题岔开，问麻局长："咱们这是到哪儿了？"

"刚才那个村是卡木合，在博拉乡。现在是往西开，进了阿木去乎乡。"

我瞪着眼，在心里调整了半天才把"西"找着，想着我们是先往南再往西，拐了一个弯子。

"咱们这儿的乡大啊！"麻局长做了个"大"的手势，"比内地一个县还大。十几年前我在乡里，那个乡，骑马一天也走不到边儿。"

的确大，阿木去乎乡似乎没有尽头。这里是半农半牧区，远处的丘陵上是青稞田，公路两边大多是草地，马、羊、牦牛野着吃草，还有一群一群的小猪——蕨麻猪。

来甘南前人家就告诉我蕨麻猪如何好吃，便怀着吃的心思看那些小如猫、满地跑的猪。

蕨麻在甘南俗称"人参果"，那是一种多年生草本植物，所谓"人参果"长在它的根上，据说皮红、瓤儿白、味甜，营养丰富。那些猪漫山遍野土里刨食，专吃"人参果"，它的肉也就好吃啦。

不过，麻局长说，现在的蕨麻猪越长越大，外面的猪进来，串了种了。

平坦的公路到了尽头，阿木去乎到了尽头，架设电线的铁塔到了尽头。眼前是浩瀚的、纯粹的草原——我不打算描述它，因为一连串的陈词滥调会不由自主地往外冒，我只是看着，我觉得我的眼睛都看得化了。

今年春旱，雨水少，所以草低。麻局长说。

麻局长还说，这是乡村公路，过两年会铺上柏油，到时再来就没这么颠了。

是的，比马背还颠，窗外的草原、牛羊都跟着我上下跳跃。

后来就看见了那头牦牛。

那头牦牛伫立在路边的小山包上，守护着小牦牛。牦牛是黑的，小牦牛却是黄的，背上有白色斑纹，也许是刚生下来，它卧在草地上还站不起来。绿色的草地上卧着黄色的小牛，像奶一样柔嫩。

牦牛警觉地盯着我们，我觉得这头刚做了母亲的牦牛对这个世界怀有最深刻的不信任。这时路上一辆牛车晃晃悠悠地过来，车上坐一个戴毡帽的藏族老人和一个白衣红裤的女孩儿，一条黄狗游手好闲地在车前走，它忽然发现了有趣的事物，颠颠紧跑两步向牦牛这边张望。

黄狗大概没什么恶意，它只是好奇，但牦牛显然不这么看，它一声怒吼，端着两只利角冲了上去。黄狗扭头就跑，牦牛狂追，这时小牦牛可没人管了，我溜过去，看小家伙的小样儿,口中发种种嗲声,恍如见了朋友刚生的娃娃。

这时我忽然觉得哪儿有点不对,觉得后背发麻,回头一看,天哪,那头牛正向我冲来,嘴边挂着愤怒的白沫,我都听见了它呼哧呼哧的喘息。

接下来,我敢说我跑出了我十几年来的最好成绩,我像一阵风,然后我就啪嚓一下摔倒在地上,倒是没忘了抱住我的奥林巴斯相机。

再然后我就听见了笑声,张师傅、麻局长、杨师傅,都在笑,还有两个藏族小伙子,他们笑得多么灿烂!回头看那头牛,它其实没再追我,它就守在小牛身边,警觉地防备着来自各个方向的威胁。

后来我们就到了完肯村。在我的笔记本上,"完肯村"下面写着:

晒奶酪　种燕麦　两只小羊　五块钱　王祖贤和齐秦

"晒奶酪"是怎么回事我记不清了;"种燕麦"不过是人们正在耕地,那块地就在村子里一处宅院边上,只有两丈见方,一匹大马拉犁,三个人跑前跑后地吆喝,结果犁出的地垄还是歪的,但人欢马跃,场面热闹。

麻局长叫住其中一个小伙子,两人用藏语交谈几句,小伙子转身进了院门。麻局长说:"他要问问他妈,人家不同意咱不能进去。"过了一会儿,小伙子出来,身后跟着他妈妈,穿着藏袍。

阿妈领我们进了门。院子不大,上首是两层的红砖平顶楼房,走进去看,从四壁到天花板是清一色的原木镶板,没什么家具,但到处是壁橱,橱门、窗口和门楣上满刻复杂的花纹。房子还是新的,树脂的清香浮动,这一家的居处清素但又华丽。

"外不见木,内不见土",这是甘南藏族民居的特点。六十多年前顾颉刚先生游甘南,对这种室内全木装修发了一句议论:"即此想见当地森林之富。"如今甘南的森林已难称富,从合作一路行来,我就没看到像样的树,木材恐怕得从更偏远的迭部、舟曲一带林区购买,而红砖则来自临夏,这幢新屋造价想必不低。

然后就是"两只小羊"。村子建于山之阴,下临公路,一群藏民站在路边,我凑上去打招呼,人家只是笑。更远处有一群羊,两只小羊跑过来,看我。其中一只被我一把擒住抱在怀里。小羊精巧的心在咚咚跳,它也许听说过"羊羔肉"什么的,我一边无比亲切地抚慰着小家伙,一边叫张师傅给我照相……

我在草原为异客,客从何处来,淡然无人问,只好一脸奸笑和小家伙们套磁,小家伙包括小男孩、小女孩、小喇嘛、小牦牛和小羊羔。

6月8日上午,那幢房子的主人还有一笔小小的收入,那

大人的背，小家伙的脸

就是"五块钱"。从院子里出来,我看见麻局长把什么东西塞给了阿妈,上车后,麻局长笑道:"门票,五块钱。"

我得说我当时的感觉有点复杂,这件事使我知道我确实就是一个游客,理应为我的"在场"付费。如果在北京,在我的家,有一天忽然有几个陌生人敲门,要进来看看,我想我不会让人家进来,五块钱不行,五十块钱也不行,如果人家肯出五百,我又得怀疑他存着什么阴谋。所以,和我比起来,阿妈是淳朴的。

于是由门票谈到了"王祖贤和齐秦"。张师傅说,去年这两位到兰州开演唱会,他儿子花四十块钱买了张票,结果大失所望,回来跟老爸说,权当是给王祖贤和齐秦办喜事凑份子。

七八年前,我在一家酒店见过王祖贤,那时她的美如花正放,现在,她也经历了沧桑。

那天中午,在桑科草原吃饭。饭是"蕨麻米饭",米饭里有蕨麻、白糖;手抓羊肉,用刀子割着吃。我总觉得羊肉火候不足,这里气压低,水都煮不到一百度,何况羊肉;不过,桌上的各位一致认为,内地的羊肉炖得太烂,禁不得嚼,而且鱼、羊为"鲜",吃的就是这个"鲜"啊!

"桌上的各位"除了从合作同来的一行之外,还有夏河县文化馆的馆长和一位警官。警官是藏族,馆长是河南人,父亲五十年代来夏河,他指着帐房外的一座山对我说,那山上有穆桂英的点将台，吃完饭咱去看看？

就算真有过一位穆桂英，她也肯定没到过甘南。给麻局长开车的杨师傅祖先是明代移民，也许就是那些姓杨的人把穆桂英带到了这里，占据了那座山。

漫长的午宴，最终结束于我一开始提到的那张照片。照片上的我目光痴呆，我喝下了成斤的青稞酒——我还得去拉卜楞寺，我不应该像个醉汉一样走进庄严的寺庙。于是到了后来，人家干一杯酒，我以吃代喝，干掉一个包子或一块肉。现在，看着这张照片，我感到，人不该吃得太多，吃得太多的人脸上没有阴影，没有梦想的痕迹。

一个喇嘛坐在河边，他手里牵着一根绳子，绳子的另一端是一块木板，木板在河里漂，漂在水上的木板镶着一枚铜模，那是佛的形象。喇嘛从早晨坐到黄昏，他把佛印在流逝的水上……

6月8日，我在草原。关于草原，我其实无话可说。现在，我想起草原尽头庄严的山上吹拂的风，大团白云投下的疾走的阴影，桑科草原一带因为干旱而干燥的草，飞快地跑过乡间土路的高原鼠兔，骑在马上戴着水晶眼镜的藏族老人；在远处，几个金发碧眼的外国人骑着自行车从路的尽头飞下来……

这一切都是水，我也是水，谁能知道水上印下了什么？

那条河是大夏河。6月8日下午,它一直跟着我,从甘南的夏河跟到临夏,有时它在左边,有时在右边,有时我看不见它,我以为它厌烦了,走了,但拐过一个山脚,它正在阳光下闪烁。

我看着大夏河由清澈变得浑黄,看着它在漫长的路途中渐渐衰竭,又神奇地恢复力量,继续向前、向北,向着一条它梦想中的大河。

当然,大夏河只是一条河,在6月8日之前,它已流了千年万年,我没有理由认为它在6月8日一直跟着我。我只是从河边经过,而且还坐着汽车。车开得很快,开车的张师傅急着赶路,他希望能在晚上到达临夏。汽车听他的,所以大夏河以几十公里的时速在我眼中流过。有时,我忍不住说:"张师傅,停一停吧。"车才缓缓停下来,张师傅点上根烟,看着我跳下车,跑过去……

最初的停留却不是在河边。那时我以为那条河不过是无名小河,人于山水间也势利,那河就白白地流了。午后时分,人在家里,公路、田地和村庄朝天空着,车在一个空空荡荡的梦里找人。

一个姑娘在水渠边洗衣。车停下,我走过去,打个招呼在她旁边蹲下,姑娘看我一眼,手上不停。无话找话,指着渠边场院里高大的木架子,我问:"那是什么呀?"

姑娘回头看看，一笑，很耐心地说："麦子收下来，捆着捆，搭在那上边，晒着。"

噢，晒麦子。场院上摊了满地的麦草金黄。

没什么话说了。姑娘穿着松糕鞋，抹着玫红色的口红，我想起去年的北京，街头"韩"风凛冽，姑娘们同样踩着这么厚的鞋底儿。

车开了，张师傅问："那架子是干什么的？"

我说："晒麦子的。"

张师傅笑了："可不是，刚才我怎么没想起来。"

我回头看了一眼，那些高大的木架子枝枝丫丫地耸立着，它们在这一路上标志着有村庄。村庄低矮，是从土地上悄悄生长出来，一边长着一边包藏着埋伏着，而那些木架却是村庄不小心暴露出来的部分，它们指向天空，突兀、严厉，似乎是一束束干硬的神经。

那个村叫汪塘村，村中汉、藏、回各族杂居，洗衣的姑娘是汉族。村子对面，隔着公路不远处就是德尔隆，一座宏伟的大寺。

直到那条河在一处宽阔的谷地上缓缓打开，我才意识到它必有来历，此前它只是一条小河，在山间跳溅，有一种欢闹的小风情，这时它长大了，雍容、自信，似乎什么东西沉淀到了河底，水覆盖着越来越多的秘密。

木架是村庄的标志

它们指向天空，突兀、严厉，似乎是一束束干硬的神经。

在大夏河边

我让张师傅为我和大夏河拍了一张照片,我坐在大夏河边的一块石头上,河的对岸有一棵高树,树的后边是青色的山。

"这是大夏河。"我拿出地图,在夏河和临夏之间找到了一条弯曲的蓝线,然后我说,"张师傅,咱们停下。"

于是在这个地方我让张师傅为我和大夏河拍了一张照片,我坐在大夏河边的一块石头上,河的对岸有一棵高树,树的后边是青色的山。

大夏河到了晒金滩已是一河黄水。看着河水的颜色变化,你就知道了居住在河岸上的人。水变黄了,人就由山民、牧民、半牧半农变成了严谨、勤劳的农民。两岸的山是层层农田,精细、规整,如蛋糕师傅的杰作。我记得小时候,人们把知青下乡叫"修理地球",你不是豪言壮语豪情壮志吗?好吧,去"修理地球",还有什么比这更豪更壮更宏大?很多人的一生便毁在这种语言的恶毒游戏之中了。但是,人其实一直在"修理地球",在甘南、临夏地区,汉朝以来一代又一代的农民来而复去,去而复来,几度农田毁为草原,山林夷为农田,终于,一个在 2000 年 6 月 8 日驶过大夏河边的人见证了一种高度成熟的农业文明的胜利,它已经"改天换地",这是持续了两千年的宏大工程,与此相比,人如同蝼蚁。

是的,我想说的就是这个,人是蝼蚁。在甘肃,我一路上读马苏第的《黄金草原》和圣埃克絮佩里的《夜航》。在《夜航》中,铁石心肠的李维埃在思考古代印加人的太阳神庙时想道:

古人的领导者，可能并不怜惜人民的痛苦，但他却无限怜惜他们的死亡。他不是怜惜他们单个的死亡，而是怜惜将被茫茫黄沙吞没的整个人类。于是他便率领他的人民至少堆砌了那些沙漠埋葬不了的石头。

所以，李维埃说："爱，仅仅只是爱，那怎么行得通！"我一直记得他的话。但是，我自己还是愿意做一只离群的蝼蚁，在地上游荡，如同大夏河边的放蜂人。

黄昏时分，车进临夏。公路边的电线杆子上挂着标语牌：

光缆无铜，偷盗无用。

真是苦口婆心：光缆不是电缆，剥开了胶皮里面也没有铜芯儿，废品收购站不收，你说你偷了有什么用？

还有一条广告：

高压洗车，男女淋浴，向西五百米。

我指给张师傅看，笑说："咱们也去洗洗？连人带车一块儿洗了。"

张师傅神情严肃，他正在找路，他找不到我们预定住宿的那家招待所了。作为一个老司机，他坚定地认为自己不会走错路，但那家招待所却迟迟不肯出现，所以张师傅一边开着车转悠一边愤愤地批评临夏的道路建设之落后、城市规划之混乱，好像是这个城市把那幢楼房有意藏了起来。

我不吭声，我认为现在最好的办法就是停车问路，但张师傅肯定会把我的提议视为对他的专业水平的重大冒犯；可是不吭声似乎也不妥，一个人的自信正面临危机，而另一个人坐在旁边，看着，沉默。

事情终于到了高潮，我和张师傅同时惊愕地发现我们到了大夏河大桥，虽然辨不清方向，但我记得昨天进临夏时就经过了这座桥，也就是说，我们刚才穿过了市区，再往前走可就出了临夏城了。

可爱的张师傅，他的愤怒也达到了顶点，他把车停在桥头，下车，把车门甩上，龙行虎步地走向一位路人，不像是问路，更像是打架。

我也下车，我看大夏河。桥下河滩宽阔，但水少，这条河已经累了，它还要接着走，当夜幕降临，它将走到它的尽头。

"咱们走吧。"张师傅说。

大夏河本是另一条河的名字，那是洮河的支流，河名得自十六国时赫连勃勃创立的大夏国。在《大明一统志》中，明代的舆地学者犯了一个错误，他们把"漓水"标为"大夏河"，从此，"漓水"在甘肃地图上消失，而"大夏河"有了新的源头、河道，它成为一条更大的河，发源于甘南桑科滩南大不勒赫卡山，奔流176公里[①]，在刘家峡归入黄河。

——于是，到民国年间，地图上有了"夏河"和"临夏"：

夏河——大夏河；

临夏——濒临大夏河。

[①] 此为1999年的数据。

蝴蝶与花儿之浪
2000年6月9日

在地图上，6月9日是一道弯曲的弧线，从临夏向西，穿过积石山县，在大河家过黄河进青海。经循化、民和，跨湟水、大通河，在窑街重入甘肃，一直向东，回到兰州。

6月9日始于蝴蝶和大炮。夜来微雨，那天早晨的临夏市清润明亮。在一座警卫森严的大门外，我向年轻的上尉解释我是谁，从哪儿来，为什么一定要看蝴蝶楼。

如果把我的话在此复述一遍我会不好意思，我运用了吹牛皮、拍马屁、意在言外、绵里包针、冷笑、诌笑等等手法，终于让上尉相信：今天早晨他们军营来了一个重要人物，该人物出于某种不可说的重要原因要看蝴蝶楼。上尉回到值班室，打电话向首长请示，我跟着他，心想进了大门再说。

这是一支高炮部队的军营，站在值班室门外，看朴素整洁的楼房、修剪得如分列式般的树篱，却看不见蝴蝶楼。

上尉的电话漫长，他不断点头，说："是。是。好。"我觉得首长似乎不必为我这件事儿如此没完没了地指示，我知道我有点来历不明，但首长只需要说一句"不行"不就行了？

上尉终于放下电话，打开抽屉，拎出一串钥匙，然后说："咱们走吧。"

一路行去，绕过楼房，一带覆檐的灰墙围出一处院落。精巧的砖雕拱门，门前是几级半月形石阶，门扇剥落出陈年木色。

老式豪宅的主人们倾向于深藏不露，但大门是例外，大门是排场，是脸，是一个引人注目的庄严姿态。而蝴蝶楼的门却低敛、暧昧，如此的门正该黄昏半掩、月下轻叩，它肯定不会通向轩敞的正堂，它通向某一幽处。

那天，炮兵上尉捅开锁，推开门，迎面是回廊环抱、遍开牡丹的庭院，庭院尽头有两层木楼，飞檐翘角，曲槛紫红。到楼下，见悬一张匾，黑底金字：

蝴蝶楼

上楼，楼梯响得令人悬心，每间房都是空的，空空荡荡，尘埃在阳光中飞溅。楼空了，楼也就老了，只有楼下的牡丹开得正盛，"寂寞开无主"。

蝴蝶楼

楼空了,楼也就老了,只有楼下的牡丹开得正盛……

临夏旧称河州,"牡丹随处有,胜绝是河州"(清吴镇诗句),逢到花季,河州人家满院牡丹,花开了,大门就敞着,陌生的人会走进门来,与你共赏你的花,此为"浪牡丹"。

在蝴蝶楼,檐下是木雕牡丹,院门和屋脊上遍是砖雕牡丹,一世界的牡丹迎着蝴蝶开。

很多天后,重看照片,我忽然发现这座楼原是一座红楼,陈旧的木色中洇出红色,那应该是浓酽的朱红,带着旧日的繁华富丽沉入木质。

好了,现在谈完了蝴蝶楼,启程去大河家。当然我还应该谈谈蝴蝶楼的来历,比如它是马步青为一位姨太太修建的外宅,为此搜刮了无数民脂民膏,这座楼凝聚着广大劳动人民的血汗;而马步青是马步芳的哥哥,马家军曾称霸西北。

但不说也罢。时光把人带走,把楼留下。在6月9日,蝴蝶楼已不是一个土军阀粗俗欲望的证物,它被时光提炼出清素的雅致和幽隐的淫逸。

按计划,6月9日的高潮是在大河家。大河家的妙处我其实不知,在兰州时,朋友斩钉截铁地说:"一定要去大河家。"那好,就去吧。

那天下午终于到了大河家,吃了一碗面条,我就开始思考为什么"一定"要来这儿。这儿有一条街、一架桥、一座山,街热闹而破败,桥跨黄河,山是狞厉的血红色,如此而已。

还有著名的保安腰刀,有两间铺面是保安腰刀厂的门市部,进去看看,不咸不淡地赞一声:"好刀!"大河家是保安族聚居区,有"保安三庄"——大墩、甘梅、高赵李家,族人在一百多年前由青海同仁县保安城迁来此地。这是个铁匠民族,他们打制的刀大多销往藏区。

总之,在大河家,期待中的高潮并未出现。现在我把6月9日这天重新细看一遍,我看到了居集,看到了仄新坪,通往大河家的路上才是高潮迭起——

在居集,我的牙差点被拔掉。居集是积石山县的一个乡,"文化大革命"期间改名"红卫公社",它现在还叫居集,而且还是一个"集"。6月9日正逢集,一条街上人头攒动,到处是赶着车、赶着羊来赶集的男人女人、尕娃老汉。

我说:"张师傅,咱们也去赶集吧。"

张师傅不太愿意,在临夏,张师傅明显地变得小心谨慎。

但张师傅还是把车停下了,他等在车里,如果我不知深浅惹下什么麻烦,他就可以载着我飞快地跑掉。当然,在此之前我先得飞快地跑回车上。

但平安无事。我在集市上转了一圈,所有人都忙着卖、忙着买、忙着看,很闹,闹着一团喜气。

在一个牙医摊子前,我停下来,蹲下去。牙医是个中年人,穿一身蓝布中山装,俨然一个"知识分子"。蹲着的还有三位老汉，头戴白帽，架着水晶眼镜。这样的老汉在临夏农村随处可以见到，他们长髯飘飘、衣衫洁净，自有一种端严风度。

老汉们正在研究一堆牙——我从未见过这么多的牙，有几百颗吧，它们堆在这里，你不必分辨这是人牙还是别的什么牙，你必须相信这是这位牙医的累累战果，他把它们从几百张嘴里逐一拔下来、收藏着。老汉们拨拉着这堆牙，不时挑出一个，对着阳光仔细看，一边和牙医讨论，这颗牙是不是个尕娃的？吃糖吃得太多了。

我也想下手去拨拉一番，但我总觉得别人的牙会咬我的手，便对牙医说："我这牙疼了两天了，你给看看。"

噢？牙医和三位老汉全来了精神，牙医问："哪一颗？"

我胡乱一指："在左边。"

牙医从小箱子里掏出一个放大镜、一面镜子，然后说："张开嘴。"

我看看那两件东西，心一横，把嘴张开。牙医凑上来，老汉们也凑上来，我的牙通过放大镜反照在镜子里，他们一起仔细观察了我的口腔。然后，牙医向我宣布："左边的牙好着呢。"

我心里一松，马上就有点惭愧，看看，小人之心了吧，还想考验人家，可人家也不是随便拔牙的，"左边的牙好着呢"，人家一眼就看出来了。

但，牙医一边从小箱子里继续往外掏家伙，一边接着说："右边的牙坏了，拔掉吧。"

右边？我看看三位老汉，老汉们关切地看我，肯定地点点头。

牙医挑出一个状如钳子的器械，在装有某种透明液体的玻璃瓶子里蘸了蘸，应该是消毒吧，然后注视着我，目光坚定，说："来吧。"

我崩溃了，我不想让我的牙加入那一堆牙，我站起来，一边溜一边嘟囔："我今天不拔了，我不疼了，我下回再说吧！"

后来回到北京，一个朋友布置作业，让我为一本《漫画情歌》写篇书评。听说此书收录了二十世纪早期的民间情歌，我马上答应，我说："好啊好啊，我刚去了花儿会，有得话说。"

于是，我写道：

在这个晚上，读《漫画情歌》。实际上我不仅在读，我一直在努力而徒劳地听，那些画面、那些词句，鲜活生动，但其实是被腌制的鱼，它们需要水，当它们被那种方言、那种曲调唱出来时，真有惊心动魄的大美。

在甘肃河州的花儿会上，我曾听到过那样的歌声，我听不懂词，那是纯粹的声音，用山养出来的嗓子，向着山唱去。一曲唱罢，我问那黯然神伤的姑娘："你会和想着的那人结婚吗？"姑娘淡然一笑："丈夫是娘老子给的呗。"

我无言，只觉简明、朴素的生命有刺目的浓艳。

——那位姑娘叫王兰，是我 6 月 9 日在前往大河家的路边碰上的，她把我带到了盛大的花儿会上。

关于花儿会，我"有得话说"，我可以写一万字还未必打得住。我在花儿会上待了三小时，心里就一万朵花儿开，废话滔滔不绝，我能想象我将怎样浪啊浪，抒情、感慨、一唱三叹十八叹。

但我决定把话挤干，尽可能庄重地陈述，如撰写辞典。对花儿、对花儿会上的人，你要庄重。

王兰

十九岁，汉族，未婚。6 月 9 日和女伴一起去往花儿会。二三十里路，她们走着去，但半路上碰见我们，我提议王兰和女伴搭车指路。王兰很高兴，她们上了车。

王兰是一个相信人的女子。后来在花儿会上，她把随身的小包交给我拿着，自己转悠得没了影儿。生怕辜负了她的信任，我像个没头苍蝇一样到处找她。

其实王兰也知道人心险恶，比如我问，在花儿会上看上了小伙子会不会跟他好？王兰说，不会。

"为什么不会？"

"不敢呗。"

"怎么不敢?"

"坏人多呗。"

这个女子,她知道"坏人"多,但她是否认得出世上谁是坏人?

"三马子"

一种农用机动车,大多为"兰驼"牌,大概是"兰州的骆驼"。路上不时有这样的车开过,上面坐满花花绿绿的碎女子媳妇子。除此之外,还有卡车、摩托车,从青海开来的长途汽车,当然还有我们的一辆红旗,它们从四面八方奔向花儿会。

仄新坪

举行花儿会的地方,在大山深处。仄新坪有个村子就叫"大山庄",房屋皆为石砌。花儿会期间,远道而来的人们在庄中借宿。庄后一条土路通向山峰环抱的山坡,遍坡青草,星星点点的野花开,此为花儿会的"山场"。

龙王

全称"摩碣龙王",来历不详。花儿会原本的目的不是唱歌,而是迎祭龙王。西北少雨,对龙王更不敢怠慢,神幡招展,鼓乐喧沸,神台前人头如粥,老头老太太居多。一蓬大火烧纸,浓烟滚滚,老太太们随着一个中年男人诵经,男人看着经文领唱,旁边一位老太太帮着翻篇儿:

双足踏破水晶宫，
白玉池里现金身。

——这是龙王驾临。接着就都是龙王的口吻：

吾叫神符一齐有，
哪个过气要斩首。
……
三期文气吾行舟，
善男信女上法船。

——广东话里"过气"即"过时"，这年头城里人怕就怕"过气"二字，但此处的"过气"应非此意。

人

大概有一万多人，汉族、回族、东乡族、保安族、撒拉族、土族，据说还有藏族。五颜六色的人群，像新闻里照例会说的那样："身穿节日的盛装。"

吃喝

到处是吃食摊子，卖熟肉、卖啤酒。

照相

山坡上一条小溪，一个大花盆置于溪间石上，盆中一株花树。近看，花是假的。有人喊："让开些，让开些！"原来几个媳妇子正扭扭捏捏、梳头抹脸儿地准备照相，这盆花是照相师傅的道具。师傅穿衬衫、打领带，挎着照相机，见我也端着照相机，眼神就不太友好，好像撞见了同行。

一张相片，三块钱。

录音机

经常有人拎着录音机招摇而过，每个摊子上也照例有一台录音机哇哇唱，唱的都是花儿，山场上歌声此起彼伏，你得仔细听，才知道是机器唱还是人唱。

花儿

这里的人把姑娘叫作"花儿"，把小伙子叫作"少年"。所以，花儿与少年唱的歌就是"花儿"或"少年"。当然，唱花儿的未必一定年轻，只是年纪大了些，歌通常就会渐渐地干涸了。

花儿又叫"野曲"，在山野中唱或野着浪着唱。我在兰州买了几盘花儿的磁带，那是在录音棚里唱的，有的还有复杂的配器，听着不野，不野的花儿就是死花儿。花儿必须有黄土，有

坐着"三马子"奔向花儿会

歌颂龙王

王兰在唱着

她的手拢在耳边,眼睛望着地上的草,她在唱,她完全沉浸在自己的声音里,忘了注视着她的人群。

中间戴头帕的就是"卦婆子"

那是个中年女人,高颧阔嘴,轮廓鲜明,头上覆一块帕子,一对金耳环,颈上缠着骨质项链,在一群人中你一眼就会看到她。

空旷的山,有一种想唱了就唱的心情。

在仄新坪,七八个女人坐在草地上,出神地看光景,无声,像一群人各自入了梦。忽然,惊醒了一样,也没人领头,就唱起来:

山里的麻雀山里好,平地圈起来就急了。

其声苍凉如泣,就这么两句,戛然而止,然后又是无声。
她们是汉族,从青海来。一个短发利落的媳妇,看着就是说话不饶人的,她问我,从哪儿来?
我说,从北京来。
她笑了,说,那你唱个北京的花儿吧。
我说,北京草都不长,哪有花儿呀。
女人更来了兴致,精怪地看着我,说,那我们这儿有个规矩。
什么规矩?
不会唱得买健力宝。
女人们哧哧地笑,一个头上罩着粉红帕子的大嫂拍她一掌,嗔她唐突。
这我还能不买吗?我起身去买了一箱健力宝,抱回来,一人一罐。女人们似乎没料到我真的买了,一个个扭捏起来,接过一罐就悄悄地喝，都不看我。

一时无话。这边静了，山场上正闹。阳光浩浩荡荡，青绿的群山连绵起伏地涌来，坐在这里你对着天对着群山，你忍不住想长长地喊，让声音、让气息像一只鸟一样飞得高、飞得远……

在我的录音机里，仄新坪的花儿犹带朝露，我一遍一遍地听。本地方言，唱起来其实是听不懂的，所听的只是声音，一遍一遍地听，词句渐渐浮现：

养个母鸡是下蛋，
养个公鸡干啥呢？

——养个公鸡当然是为了还能有母鸡，不过这两句应是起"兴"。

大红的袜子平绒的鞋，
穿上了到会场；
我的眼珠子尕妹妹，
阿哥的连心者肠来。

——到最后这句，男人的声音颤如游丝，在天地间无限细、无限弱、无限远,一口气千回百转永无断绝,把人心吹乱了。王兰低着头,泫然欲泣。

逛花儿会在本地叫"浪山场",6月9日那天,"浪"的最高处是王兰和那男人的对唱。男人墨镜、白礼帽、衬衫、领带,看不出年纪,反正不老。他大概是比较专业的歌者,拉着胡琴唱,吐字也比较清晰,所以他的歌我能听懂几句。王兰唱的什么我却不知,她的手拢在耳边,眼睛望着地上的草,她在唱,她完全沉浸在自己的声音里,忘了注视着她的人群。

临走时,我给了那男人二十块钱。

有一本旧书,《西北视察记》,陈赓雅写于1936年,其中说道:

> 白马寺(按:在青海)居民回、汉、藏杂居,共四十余家。各茶肆、面店贴有村规一纸,略谓:"汉、回、藏人等,若有争吵者,罚银二十元。无论居民或行人,若在近村唱歌曲者,执打柳鞭一百二十下。"

这是"野曲"之"野"的另一义。歌声藏于山、藏于野,回家的路上、回家以后,人必须沉默。

6月9日黄昏,当我醒来时,快要出青海、入甘肃。过了大河家我就一路昏睡，穿过了青海的东端。

然后我在大桥上看大通河湍急的流水；进了甘肃，又在一处荒凉的河口拍照留念，我认为那是湟水汇入黄河的地方，但后来对照地图，发现不是。

然后，6月9日就结束了。我和张师傅计算了从6月7日至今的路程，大概为一千公里。

——感谢张师傅。

但是，应该在这一千公里的路程上再加一万公里，那是寻访"吉卜赛人"的路。

——那些人居住在永登县距城十里的西坪村。不知他们是谁，他们从哪儿来。他们是一个谜，但他们又是猜破谜语的人，他们似乎有一种看透我们的过去和未来的神秘能力，他们在集市上、在城镇的街道上游荡，隐身于暗处，注视着你。

他们自成村落，不与外人通婚，在他们之间，有很多密语外人听不懂。到二十世纪九十年代，报纸发现了他们，他们成了"吉卜赛人"，甘肃的"吉卜赛人"，多么神奇、浪漫。

6月5日去永登前，朋友说："一定去看看'吉卜赛人'！"但那天离开红城子时已是傍晚，第二天还要去刘家峡，想了想，随遇而安，不遇亦安，便径直回了兰州。

6月9日那天，在仄新坪的花儿会上，一群人围着一个女人。那是个中年女人，高颧阔嘴，轮廓鲜明，头上覆一块帕子,一对金耳环,颈上缠着骨质项链,在一群人中你一眼就会看到她。

女人正在给一个红衣姑娘算命,周围的人听着,神情肃穆。这是喧闹的花儿会中的一点宁静,人们对命运怀着敬畏虔诚。那姑娘的命不太好,人们忧心忡忡地看着她,我觉得她快要哭了。

算完一个又算一个,轮不到我。王兰就有点不耐烦了,她说:"卦婆子,不好看,走吧。"

我就走了。

从甘肃回到北京,洗出了照片,我又看见了那个"卦婆子"。那时我已经读了很多资料,我知道甘肃人所说的"卦婆子"指的就是来自永登那个神秘村落的女人,女人是"卦婆子",男人就是"卦先生",在永登,他们被当地人称为"蛮子"或"蛮婆子",他们也如此自称。我在厌新坪与他们相遇而又错过了。

实际上他们只是有些像"吉卜赛人",春天播种后云游四方,卜卦算命,秋收时他们又回家了,和吉卜赛人不同,他们仍是定居的农民。至于他们的族源,应与吉卜赛无关,几种不同的说法,其实皆为猜测。有人认为他们是上古苗人孑遗,因为他们家家供奉着一个神秘的神,这神也许是当年与黄帝大战吃了败仗的蚩尤;还有人说他们是左宗棠西征时湘、鄂籍士兵的后代,犹存楚地巫风。另据新中国成立前某大学历史系学生的调查，他们的语言风俗又与古代西南的人相近。

在《甘青闻见记》中，顾颉刚先生谈到洮河一带妇女的明式装束，然后说：

> 闻永登县亦有此类装束者曰"北蛮子"，以行卜为业，尊奉桃花女，阴历九月初一日为其诞辰，有大庙祀之。按元曲中有"桃花女破法嫁周公"杂剧，故占卜业与桃花女关系由来已久……

这算是第四种猜测，他们可能是明代移民后裔，而他们的神又由蚩尤变成了桃花女。

他们自己无话可说，他们不知道自己来自哪里。深黑的时间把他们遗弃于此，他们只是世世代代铭记着一个神秘、严厉的诅咒：每个人，最少三年必得离家远行一次，否则，灾祸必会降临，"天火"将烧毁你们的家。

这就是他们的命运，于是他们浪于大地，向我们述说我们的命运。

寻常萧关道
2000 年 7 月 23 日

如果我是几百年前的将军,我会久久地凝视固原,血与剑与风的固原,马群汹涌的固原,烽燧相望、坚城高垒的固原。

在广大的帝国版图上,固原是一个微小的点。但三千年间,任何一个目光锐利的战略家都会一眼盯住这个点,这是帝国的要穴,是我们文明的一处要穴,它无比柔软因而必须坚硬。你的面前是地图,地图上的北方是无边的大漠和草原,骑马的民族正用鹰一样远的眼睛望着南方,南方有繁华的城市、富庶的农村,有无穷无尽的珍宝、丝绸,还有令人热血沸腾的美丽女人。他们耐心地等待着,但是他们终有一天会失去耐心,猛扑过来。他们的剑将首先指向哪里?你看着地图,一目了然——

固原。突破固原,整个甘肃就成了被砍断的臂膀,大路朝天杀向长安。

2000 年,你在任何一张《中华人民共和国地图》上都能找到固原，但你只会想：噢，它在这里，一个很穷很苦的地方，西海固，西吉、海原、固原，宁夏南部的三个县。

7月23日，我在固原。阳光灿烂的早晨，驱车去看须弥山石窟。

"阳光灿烂"，真实而残酷。固原的天蓝极了，阳光无遮无拦地倾泻，固原的土地在龟裂，人们焦渴地盼着雨。

汽车驶过清水河谷。在宁夏地图上，清水河看上去是条大河，它发源于六盘山，流域覆盖宁夏南部，一条很粗的蓝线，向北注入黄河。但7月23日的清水河没有水，河道袒露，晒得雪白的卵石让你想起这原是一条河，画在地图上的河。

麦子已经收完了，土地就大片荒着。"种什么呢？种子都收不回来。"怀凌说。

怀凌是县委办公室的秘书，精干、健谈，说到今年的麦子，他苦笑道："那麦子长在地里，稀稀拉拉，你都舍不得拔它。"

出固原县城，沿清水河向北，然后折而向西，便是寺口子河。这是清水河的支流，河滩上偶尔有一洼水。怀凌指着山说："海原大地震，那两座山合在了一处，正好一个人赶着驴车经过，他跑出来了，一头驴、老婆和两个孩子全合在里边，那人就喊：'四口子呀四口子！'这河就被他喊成了'四（寺）口子河'。"

——这是我在固原第一次听人谈起1920年的海原大地震,后来我将一次次地听西海固的人们随口提到它,似乎八十年前的那个日子近在眼前。

须弥山是古印度的山,它是宇宙的中心,日月星辰环绕,三界诸天层层相叠仿如蛋糕,人的世界据说在此山南部,名南瞻部洲,南瞻部洲有中国,中国有宁夏,宁夏有固原,固原亦有山名须弥。

仰望须弥山,那尊大佛雄伟而慈祥。他几乎就是一座山雕成的,他坐在这儿看一切已看了一千多年。据说,"文化大革命"时,人们无法毁掉它,人们就在山下,端着步枪瞄准、射击,大佛成了枪靶。

我能够想象那时的情景,那时的人是欢乐的,他们无所畏惧。这尊大佛由人怀着最深的敬畏和虔诚塑造,他也见证了人的狂妄。几只鸽子在佛的肩头咕噜噜鸣叫,有时一只鸽子飞起,飞向大佛身后铁红色的山,佛在微笑。

在大佛下方右侧,一处洞窟中有一尊立佛,洞口镶着一块石碑:

石门关

石门水自古就是勾连南北通往西域之要道,又是北魏、

那尊大佛

仰望须弥山，那尊大佛雄伟而慈祥。他几乎就是一座山雕成的，他坐在这儿看一切已看了一千多年。

西魏、北周、隋唐王朝拱卫京畿，统一西北，通好西域，解除柔然、高车、吐谷浑、突厥贵族侵袭骚扰的用武之地，历代都设重兵牧马屯守。唐王朝为了彻底解除东突厥的威胁，在原州曾增设石门、驿藏、木峡、制胜、六盘、石峡六关，以扼守陇道，石门关是六关中最重要的一关。据史书记载关设在石门口（即今须弥山口），水和关都因石门（峡口）而得名。关址已不存，特立碑以抒怀古之幽情。

——站在石碑前，向下看就是峡谷，谷底依稀断续的一条小河，想必即是石门水。这曾是丝绸之路，也曾是森严的边关。很久以前，僧侣们由此把佛教带进中国，公元五世纪，北魏王朝开始在这座山上开凿石窟，这是延续了十几代人的巨大工程，直到明代，直到人们渐渐散去，直到被忘记。

在它的极盛期，须弥山是个杀气腾腾而又祥云缥缈的地方，石窟工程的一个隐秘动机可能就是使那些蛮勇强悍的游牧武士变得柔软。

说来惭愧，对石窟造像艺术我并无多大兴趣，来须弥山是怀凌不容分说就定了的。我是俗人，俗了便欢喜，一路上听怀凌活灵活现地讲他如何驾驭太太，乐得人仰马翻。到了须弥山，佛前一拜，便急着逛圆光寺。怀凌是个"百晓生"，据他说那寺的住持是尼姑，出家前生有一女，前两年这女儿找到寺里，住下干些杂活，倒也无事。偏偏女孩儿家到了年纪，也不知怎么碰上个小伙子，俩人竟在寺里过上了小日子。尼姑管教无效，一状告到县里。

"然后呢？"我问。

怀凌笑："县里也管不了啊。前两天还见那小两口到县城逛街呢。"

我也笑，这故事有人间喜乐，佛也不怪。

进了山门，庭院清静，进正殿，发现这殿的山墙其实是几洞石窟。草草看过，出来见一老尼姑正与怀凌闲谈，怀凌递个眼色：这就是了。

老尼姑极是能说，滔滔不绝，大谈命相，听她说了半晌，大意是每个人的脚都连着他的祖坟。我和怀凌都不打算脱鞋让她看脚，问她女儿在不在，老尼姑就沉下脸，一句："不在！"

是真的不在，那只好走吧。

整个西海固地区怀有最深的不安全感。三千年间，这里是前沿，是兵家必争之地，几度血流成河，白骨蔽野。古代中亚细亚几乎所有民族都曾在这片土地上来来去去，得而复失，失而复得。作为一个地理实体，西海固首先是因为它的军事战略地位才得以确立。

农夫和牧人的战争，这是贯穿古代世界历史和中国历史的基本主题，直到清代，历经康雍乾三朝的胜利征伐，这个主题在十八世纪永久结束了。西海固被遗弃，远在京都的战略家不再注视它，权力、荣耀和财富离它而去。

被遗弃的西海固已被历史榨干了。这里曾经水草丰美，直到明代，它还是国家最重要的战略资源——马匹的主要牧养基地，但到十九世纪，西海固的地貌已一派荒凉。

荒凉的土地隐忍着愤怒和暴力，这里终于又成为同治年间席卷西北的回民大起义的战场。当野火燃尽、熄灭，西海固不仅被遗弃，还被忘记。

从此，中国腹地的这个角落里，人民的命运就交给了残忍的盗匪和无情的天地。历史在这里似乎结束了，生活在这里的人们面对的是一个非历史的问题：如何在令人绝望的生存条件中活下去。

2000年7月，我在西海固。这里的人民洁净而自尊地活着。他们热情、幽默，他们谈起眼前的灾祸就像谈久远的旧事，淡然坦然。

但一切都在，两千多年的时间同时并在，这里的大地保存和铭记着一切：长城、石窟、堡寨、要塞、城池、埋葬圣徒的拱北、干枯的河床和田地、寻常农家和路边的饭馆——

那座土城坐落在由须弥山返回固原的路边，一座空城、一片废墟。黄土夯筑的城墙投下阴影，向北、向西的一面被风吹出大大小小的孔洞。7月23日无风，如果是有风的日子城墙也许会像排箫一样鸣响。

这是一座大城,从北边的城墙缺口进去,一眼望出三四里才是这城的南墙,南墙之外隐隐约约还有一道墙,或许是瓮城。

如今这是农夫的城,残破的四面城墙围着农田,田里种糜子、荞麦。

此城必有来历,路边竖着一块牌子,上写"黄铎堡古城"。我问怀凌,怀凌说:"也许是哪个财主修的堡寨。"

"那肯定是个极大的财主,他姓黄,叫黄铎?"

无所不知的怀凌显然被我的瞎猜搅得心乱,他说:"不知道,县志上没有记载。"

后来翻检《宣统固原州志》和《民国固原县志》,我不得不佩服怀凌,两部志书对黄铎堡确实并无记载。不过,前几天我终于给怀凌写了封信,我写道:

> 查北宋初年在固原设镇戎军、怀德军,皆为北御西夏的军事重镇。镇戎军在今固原县城,怀德军又名平夏城,在今黄铎堡。宁夏古要塞多有以守将姓名命名者,如吴忠,黄铎或许亦为怀德军守将。

——也就是说,当日所见的古城实为宋城,距今已将近一千年了。

回到 7 月 23 日，我们无法看到这座城的历史，我们只是盯着此时的地面：孱弱的青苗，干裂的土地。

怀凌说，将近惊蛰时下过一场雨，抢种上糜子、荞麦，然后就没再下过一滴雨，白种了。

我后来查了一下日历，2000 年的惊蛰是在 3 月 5 日。

宋代的怀德军设有一座大型军用粮仓，名为裕财仓，储粮百万石以上。给我一把铁锹一直挖下去，也许还能挖到千年以前未曾吃完的军粮。

《宣统固原州志·地舆志·古迹》：

> 秦长城：按《纲目》，秦灭义渠，筑长城以御边，即此。地在州西北十里，有遗址。

战国时期，公元前 272 年，秦国兼并了宁夏南部地区的义渠部族，在固原设北地郡，同时开始修筑长城。

我在长城上行走，数着步子，一步、两步，一直数到二百七十一步，从一个墩台走到了另一个墩台。站在墩台上看，长城如龙，从山上逶迤而下，伸向一马平川的尽头。

长城向着北方，极目远望，是一座又一座的烽火台，当狼烟升起，长城上的将士就披上甲胄，握紧冰凉的剑。

但 7 月 23 日那天阳光暴烈，我渴了，我和怀凌在长城上

在秦长城下挑西瓜

我渴了,我和怀凌在长城上溜达一会儿,就跑下来拦住一辆运西瓜的拖拉机,蹲在公路边啃出一地的西瓜皮,然后就上车接着走。

溜达一会儿，就跑下来拦住一辆运西瓜的拖拉机，蹲在公路边啃出一地的西瓜皮，然后就上车接着走。

——我不想在长城上抒情。我认为文人们谈论长城都是在毁坏它。后来的中国知识分子和被秦始皇坑掉的儒生们一样不理解长城。古代的伟大君王执意要在大地上留下这道痕迹，千百万人为此劳苦、牺牲、守望，这绝不仅仅是为了防守，恰恰相反，长城是以举国之力绷紧的一根神经，它可以像弓弦一样，把箭射向远方。

站在长城上，你一眼就能看出这是在划分"他们"和"我们"，只有具备雄强想象力和移山倒海意志的"我们"才会以这种浩大的方式把自己确立下来。

"儒生"们永远不理解这一点。

《宣统固原州志·地舆志·古迹》：

> 金佛峡：按峡在瓦亭东二十里，距州城一百一十余里。又名弹筝峡，以流水声如弹筝也。唐、宋戍守要地，今俗呼为三关口。

三关口的水弹筝犹有余响。7月23日下午，越过固原城南行，见一路上的这条河居然有水，水不大，但水绿。到了三关口，两山夹峙，一水中流，形势果然险峻。怀凌大谈杨六郎，在此地的传说中,这儿就是杨家将故事里杨六郎挂帅的"三关"了。

河水清澈见底,忍不住脱鞋下河,水深处也漫不过膝盖。采药和放牛的童子站在河边,看这一胖一瘦两个家伙在水中扑腾。

提着鞋走进峡谷。有水,山就是活的,两边的山上草木葱茏。对岸绝壁上有石刻,看了半天认不清,大概不外乎"山水清音"之类。

峡口左侧有关帝庙,此处为用武之地,正该供奉关帝。门开着,院内无人,见上首关圣殿前挂一副楹联:

生蒲州起涿州镇徐州坐荆州杀气腾腾贯牛斗
敬玄德重翼德斩庞德恨孟德威风凛凛镇三国

此联道尽关羽一生行状,据说为左宗棠所撰。左氏当年统兵西征,应该是路过弹筝峡的,威风杀气,倒像这位文襄公的手笔。

我对关羽没兴趣,正如我对杨六郎没兴趣一样,所以也想不起进殿烧香。顺着殿角一条小径闲走,却见旁边还有两间破败的小庙。一间是药王洞,另一间土屋无匾无门,屋里并无神像,地上一个牌位字迹不清,门框上贴副对子,白纸黑字:

解优(按:应为"忧")解愁乐万民

送儿送女活神仙

这意思应该是供着送子娘娘,门边的墙上却用很拙的毛笔字写着:

子孙店

我指给怀凌看,两人都笑。

三关口属蒿店乡塔湾村,那天我和怀凌从村子里匆匆走过,只在一块黑板前站住,看了半晌。那是《乡政府下达我村各项工作任务指标》,第一条是"加强精神文明建设,加强思想理论学习",以下各条就比较具体,比如:"总人口625人,人口出生率16.5%,人口自然增长率12.3%,计划生育率100%。""劳务输出240人次,人修梯田50亩。"

这些指标应该是尚未完成,但从行文看倒像是已经完成。我问怀凌,怀凌笑而不答,让我看黑板上的小儿涂鸦:

张娟不要皮脸
有一只小猫坐在池塘中呀,跟着妈妈学呀……

走出塔湾村,见浓烟滚滚,空气中飘着呛人的硫黄味儿,村头河边是一座水泥厂，人正在杀死一条河。

弹筝峡里清音激溅的河原来就是泾水。此水发源于固原南部六盘山东麓香炉峰，南下瓦亭，东折出弹筝峡、蒐麻湾入甘肃平凉，然后流过陇东，在陕西高陵县汇入渭河，留下一个"泾渭分明"的话头。

泾渭分明，通常解为泾水浊而渭水清，但那天在弹筝峡内看水却是清的。后来读《民国固原县志》，专有一节辨析"泾渭清浊"，说来说去，大意是泾清而渭浊；至于古人何以糊涂，大概是对《诗经》中一句"泾以渭浊"的解释出了差错，孔颖达注《诗》，大笔一挥写道："言泾水以有渭水清，故见泾水浊。"泾浊渭清遂成铁案，其实我觉得未尝不可解为"言泾水以有渭水浊，故见泾水清"。当然，我们的古代文人如果肯走到两条河边各看一眼，本来是清浊立判的。

说这些其实没意思，在 2000 年，据住在渭河边上的朋友红柯说，渭河里已经快没水了，即使有水的时节，大概也是泾浊渭亦浊。

《民国固原县志·建置志·城驿·关隘》：

> 驿藏关：即瓦亭关也，在县南 90 里。西毗六盘，东密迩萧关，山岭奇峙，峡水遇回，夙称要道。关筑在瓦亭

泾水

泾渭分明,通常解为泾水浊而渭水清,但那天在弹筝峡内看水却是清的。

山西麓,瓦亭峡峡口。……宋置瓦亭寨,明、清置瓦亭驿于此。

瓦亭在我的意识中日渐重要。我去过那里,然后我翻阅有关宁夏和固原的史料,我不断碰到这个名字:瓦亭。

7月23日下午,我们在瓦亭村口下车,正好一列火车正从横跨山谷的铁路桥上驶过。这是中宝铁路,从宁夏中卫到陕西宝鸡,前几年刚通车。提起中卫,我想起六月间在兰州,和朋友驱车几百里,穿过一望无尽、令人震悚的干旱赤地,以为到了中卫,结果却是跑到了中卫东边的中宁。

我和怀凌绕到村西,穿过一片洋麦地,爬上高大的城墙;洋麦我从未见过,茎秆极高,走在麦地中,麦子齐了腰。据怀凌说,这种麦子抗寒耐旱,不过吃了撑得慌。

瓦亭形胜,尽在眼底。这是一座长方形的城,坐西朝东;城墙夯土无砖——原来应该是有砖的,大概都拆了盖房了——把个瓦亭村四面圈住。从高处看,村子安静、整洁,房屋场院间绿树蓊然,还有小块的菜地,也如梳理过一般。

村西是山,敌人如果占了这座山,居高临下,瓦亭便成死地。所以城墙从两边延伸,沿一道缓坡上了山顶,把山包住,山顶上有座土堡,想必是瞭望台。

——这就是瓦亭关。汉代以后近两千年,这里一直是中国西部的交通要塞，唐有驿藏关，宋设瓦亭寨，元、明、清均设瓦亭驿；清代宣统年间，此地有守备驻防，驿站配备七十匹马，驿丁三十五名，是固原境内最大的驿站。

但 1890 年（光绪十六年），固原设立电报局；1906 年（光绪三十二年），固原州邮政局成立，开办民间函件邮寄业务。到 1913 年，固原境内驿站全部撤销，持续两千年的驿递制度至此结束，瓦亭衰落了。

在 2000 年的瓦亭，没有一间邮电所。瓦亭的新房子不少，高墙铁门，刚发了大财的气象。据怀凌说，前些年修中宝铁路，农民出劳务、运沙石，赚了些钱，现在铁路通车，手里那点钱也变成了房子。

但走在瓦亭横贯南北的村街上，你还是会觉得回到了古老的西部。临街的房屋大多依然破败，仔细看，这些房子其实原是铺面，当初卸下门板便开张营业；在瓦亭的驿站时代，冠盖相望、驿马星驰，路上的官吏、武士和商人走到这儿就歇下了。明人杨巍咏瓦亭："客心正多感，羌笛暮堪哀。"这是文人情怀，更可能的是，那时这条街的每个黄昏都充满远客的喧闹，他们在低矮的客栈里吃大碗面、喝大碗酒、睡大炕。

在一家门前，我问："这房子是啥时盖的？"

一中年女人想了想，说："娃的爷像娃这么大就有了，他都八十几了嘛。"

瓦亭的老客栈

那时这条街的每个黄昏都充满远客的喧闹，他们在低矮的客栈里吃大碗面、喝大碗酒、睡大炕。

我看看正满地跑的"娃"，也就四五岁吧，那么八十几减去四五岁，这房子的可考年龄也在八十以上了。

房子老了，空着，也没人住。房后就是这家高大的新屋，从格局上推测，他们也没打算把它拆了，随它老去。

"从前这房子是开店的吧？"

"是。"

"卖什么？"

"吃呗，一碗面两个大板（大板为铜币）。那时人多，固原去平凉两站马车，住下吃一碗面，喝两碗汤，软饱硬饱，一样地饱了。"

妇人姓吴。这村子现有一千一百多人，多为汉族，吴、刘二姓为大姓，我想他们中有不少是戍卒和驿丁的后代。

当年固原的电线电报开通时名为"千里信"，又叫"法通线"，其中一条线路就经过瓦亭。1926年9月，冯玉祥在绥远五原誓师北伐，随即统大军入宁夏，经固原、平凉直扑西安。为便于行军，紧急修路由宁夏至平凉，这是固原第一条可通汽车的现代公路：宁平公路。这条路同样经过瓦亭。大军过后，直到1931年，固原的第一辆汽车才出现在这条路上，那是基督教固原福音堂购进的雪佛兰牌轿车，后来卖给了董福祥的孙子。庚子之乱中京城为之战栗的甘军提督董福祥原来是固原人，他的孙子后来也坐上了汽车，这辆车当初想必也是经瓦亭开进固原。

瓦亭见证一切。我所不知的是，在7月23日那个安稳、宁静的日子里，瓦亭在想什么？

从瓦亭回固原的路上，怀凌讲了两个段子。

段子一：固原正在大搞平田整地，有一次举行竣工典礼，领导去了，电视台也去了，喜气洋洋，锣鼓喧天。电视台的女记者举着话筒采访一老汉，像电视上常见的记者那样，问的是个不成问题的问题："老大爷，高兴不高兴啊？"

老汉激动地说："高兴，咋不高兴，把地推得平平的，驴都高兴！"

据说那天笑翻了固原的电视观众。

段子二：六十年代，瓦亭村所在的大湾乡有个马乡长。马乡长得了一辆当时颇为罕见的自行车，天天骑着到处转，成了大湾一景。

有一次，马乡长骑到一个大下坡，自行车向下猛冲，马乡长一慌就不知道捏闸了，只顾扯着嗓子大喊："快来人呀！抓住的一百，打倒的五十，见死不救的枪毙！"

果然就有一个小伙子冲上来，一脚把车子踹翻。据说他日后当了民兵营长。

——后一个段子我在甘肃就听过，主人公却是"临夏的女干部"。不过怀凌言之凿凿，据他说马乡长的家就在前边的禾营村，而且马乡长的女儿是他的小学同学，一帮坏小子经常怪叫"快来人呀！"，把小丫头气得直哭。

现在，展开地图，看看我在 7 月 23 日走过的地方：从东端的弹筝峡到瓦亭，折而向北就是固原城，沿清水河谷向北，再向西，经黄铎堡抵达石门关。

我在这条线上来回奔波，我所看到的是每个具体的地点，我当时并未想到把这些点连接起来。直到有一天，读岑参的《胡笳歌送颜真卿使赴河陇》，其中有句云：

凉秋八月萧关道，北风吹断天山草。

心念一动，便查找萧关。原来萧关为汉初重镇，故址今已不存，大概就在瓦亭至弹筝峡一带。

——7月23日，那是"萧关道"。汉武帝多次北巡，皆曾取道萧关。颜真卿走过这条路，岑参大概也走过。出使塞上的王维曾在萧关接到驿马传来前线的消息，而唐人卢纶诗中的老将，也曾散尽部曲，"白首过萧关"。王昌龄一曲《塞上》："蝉鸣空桑林，八月萧关道。"——今日的萧关道上已无蝉鸣其间的桑树。

从弹筝峡、瓦亭到石门关，无数先人踏开了这条路。大地上出现路，人由此走向他乡异域，走向未知的世界，"驱马击长剑，行役至萧关"（唐陶翰诗句）。汉唐时代的人们高视阔步，张骞、班超肯定走过这条路，他们带去了丝绸，带回天山的月、地中海的风。

"萧关道"在民族记忆中曾是深刻的痕迹，文人墨客反复吟咏，这是将军和征夫的路，是商人和僧侣的路，也是游牧民族的铁蹄兵锋所指的路，从这里西接陇西、新疆，东下陇东、长安，这是最不安全的路又是不得不走的路，是帝国的命脉，是必须用鲜血、白骨和持续两千年的坚定意志维系的路。

但在2000年，萧关道是寻常的路。在经历了遗忘之后只余本色的生活……

7月23日中午，我们在路边的三营镇吃饭。那是"清真登元氽面馆"，一间小店，挂着"严禁喝酒划拳"的牌子，柜台上果然没有酒卖。

"登元"是店主人的名字，马登元，一位六十三岁的长髯老人，端庄温和，和我们谈起他的店。

这店开了十七年了，当初在三营只有这一家氽面馆，现在有十几家了。据说氽面就是马登元发明的一种做法，我进了厨房，见三四个女人每人手里一个面团，仪式般围着灶台立着，揪出面片远远丢向一锅沸腾的清水。厨房洁净，像洗过一样，女人的姿态中也有一种端严的虔敬。

"开饭馆，也要一点一点按教规办。"登元老人说。氽面四块钱一碗，必有二两五钱肉，六块钱一碗的必是四两肉。"一钱

作者和马登元在他的汆面馆门前

这店开了十七年了,当初在三营只有这一家汆面馆……

也不能少！"

不过，马登元的汆面也不如十几年前了，主要是从外边进的调料不行了，老人说："人素质低了，心眼稠了，调料假的多了。"

面其实很香。吃完了，老人把我们送出门口，他的脸上有郁闷的歉意，他又说了一遍："人有钱了，心狠了，假的多了。"

——萧关道上，我记住了这位名叫马登元的老人。

海原狼至雨
2000 年 7 月 25 日

狼

海原有狼吗？有，据说有一头，在莲花山一带出没。海原的狼我没见到，狼爪印儿倒是见到数个，那是在天都山，小径的浮土上有一串清晰的爪印，老刘说，夜里狼来过。我马上握紧了枪，同时思考如果狼来了是开枪还是狂跑。

枪

枪是老刘的枪，老式步枪，老刘用它打兔子。2000 年 7 月 25 日下午，我挎着枪，跟着老刘上了天都山。上初中时我参加过射击队，打的就是这种小口径步枪，天都山上的兔子闻讯都躲起来了。

山，书上

天都山，一名西山。在县城西四十里，距西安州故城十五里。高约五千余尺,南与月亮山及隆德属之平峰岭山脉相连,北向奇峰插天,冬夏积雪不消。登其岭可望黄河。

山,脚下

上文引自《海原全县要览编稿》,我在山顶引颈远眺,看不见黄河。此书撰于1947年,当日经年不消的积雪如今早已消了,但我即使回到1947年应该也看不见黄河,黄河太远了,还在几百里外。

老刘和梦想

老刘是县委宣传部的干事,五十多岁,十几岁就到海原工作。鉴于现在还是个干事,鉴于满县的干部大多是他眼看着成长起来,老刘在官场如闲云野鹤。老刘身体好,爬山时健步如飞;老刘是收藏家,手里有不少西夏文物;老刘很快乐,每个星期去打一次兔子;老刘还有梦想,就是以个人之力把天都山变成度假胜地。

老刘的王牌

想想在黄土高原深处还有这样一座山,我就觉得老刘有道理,这里会成为度假胜地。在宁夏,不,在西北,这样一块磅礴的绿真是难找,有时找到了但又太偏僻;况且,老刘手里还有一张秘而不宣的王牌:天都山曾是西夏国王李元昊的避暑行宫。

我在天都山山顶引颈远眺

西夏

宁夏，这个名字起于元代，意思就是宁定西夏之地。于是宁夏人就忘不了西夏了，西夏就挂在他们的嘴边儿上。这个十一至十三世纪雄霸西北的党项族王朝定都银川，多少次把我大宋打得地动山摇，我觉得宁夏人想起这事儿就有点说不清的快意，虽然现在的宁夏人和当年的党项人其实没什么关系。

李元昊

话说当年，李元昊在天都山上修了避暑行宫，其实另有打算。说起避暑，银川的夏天在当时和现在都不热，2000年的夏天热了几日，就有性子急的买了空调，结果空调安好了，天又凉快了，颇为郁闷。所以元昊要避暑，本来不必跑这么远，况且银川旁边还有贺兰山。但你只要看看历史地图，就知道天都山非同寻常，它地当要冲，正好在西夏和大宋的交界处。所以到了夏天，元昊就带着宠妃来了，一边游山玩水，一边点集兵马，商量今年咱们打哪儿；而宋军接得探报，元昊又来避暑了，立刻五路传警，进入一级战备状态。

低头一看

7月25日下午，我爬上了天都山顶，没有路，山又陡，所以快到山顶时狼狈不堪，伸手去抓一棵灌木，没抓住，脚下一滑就趴在了接近八十度斜角的山坡上，只觉得眼前一黑然后眼前又一亮，一黑是想到可怜的老刘得到山脚下去找我了，一亮是发现我不但稳稳地趴着，而且低头一看，前边有一块瓦，瓦上雕着花。爬起来细看，是青瓦，长方形，比一本书大，瓦上三朵花，莲花。

废墟

山顶上是元昊行宫的废墟，地基还大致看得出来，遍地残砖剩瓦。揣着刚才那块瓦，我认为我们最该带着的不是步枪而是铁锹，况且据老刘说，曾经有人在殿基下挖出铁佛。在那个下午，我和老刘寻寻觅觅，一惊一乍一泄气，翻遍了那片废墟的每一个角落。但什么也没有，最终我的手里还是那片最初的瓦，我把它带回了北京。

陵墓

一座陵墓，就在废墟旁，那里应该是行宫的后边。墓冢中心有一深坑，显而易见是被盗过。说它是陵墓，因为它的形制与银川的西夏王陵相似，都是圆锥形，黄土掺砾石夯筑，但规模却又比王陵小。问题是它为什么在这儿？按说行宫的后边可不是起坟建墓的地方，除非元昊要天天看到这座墓，除非墓中人让元昊魂牵梦绕……好了，不瞎猜了。

李元昊之二

关于李元昊,我看过一个电视剧,似乎名为《贺兰雪》,看得断断续续,只记得这是个厉害角色,所谓"雄才大略"那种。印象最深的倒是他的发式,像朋克,两边两绺,中间剃得精光。看史料,知道这种发式其实不是党项族的传统,而是元昊突发奇想的独创。一个国王在发式上有所独创,这注定是一场灾难,因为接下来他就会迫使他的人民在发式和脑袋之间做出选择,果然,元昊颁发了《秃发令》,西夏的剃头匠和刽子手们那些天都很忙。

继续低头看

下山从另一边走,有路。我一直低着头走,数次把啤酒瓶的碎片当成了琉璃瓦。那时我已经不想铁佛了,能捡片琉璃瓦就比较满足。一只鹧鸪在路上低飞,飞一段,落下,等我跟过去,再扑棱棱飞,最后不耐烦了,一下子飞起来,飞向对山的白桦林。

白桦林

忘了说了,天都山有大片的白桦林。

又一座山

开着车,下天都山上莲花山。莲花山在县城以东,据上引

《海原全县要览编稿》,此山"东西横三十余里,南北长四十余里,高五千余尺。……峰峦秀拔,泉水四出,附近牛羊多就此山而牧之"。7月25日的莲花山遍山绿草野花,偶尔在极远处的山坡上有几匹马在奔跳,或者一群羊拉成一条雪白的直线。但老刘指出,那些马和羊抓住都要罚款,因为莲花山去年就开始封山育草。"山都快死了,得养啊!"老刘说。

美丽的草原

海原本是养马地,在元代,此地称为"海拉都",乃蒙语"美丽的草原"之意。据说明朝有大财主姓单,单家马圈在城里,每日放马时马群的一头到了离城十五里的莲花山,另一头还在马圈里没出发呢。所以单老财主敢放狂话:"若要我老单穷,除非五桥沟的水断石头红!"——结果呢,水也没断石头也没红,但老单穷了。

《海原全县要览编稿》

现在谈谈那本《海原全县要览编稿》,这册稿本应是当年国民党县政府的内部材料,体例仿照县志,但远比一般县志简略。一手小楷,颇见功夫,写在朱丝栏纸上,订为薄薄的一册,扉页上写着:

请

秘座饬主办各科编绘下列各图

全县疆域简图一份

全县人口分布图一份

宗教分布图一份

全县交通图一份

上有毛笔行书批示"交任统计主任速绘制限下周三完成　十二、六"。无落款，有印章，是"陈仲辅"三字，应是该秘座大人的名字。可惜那些图不曾附上。这册稿本很多年后落在海原作家石舒清手里，他把它借给了我，看完后有一段话印象殊深：

本年（卅六年）（按：民国三十六年，为公元1947年）旱灾奇重，居民断炊绝食者十之六七，又将演成十八年之惨象，深望政府急予垂救以解倒悬。

大旱

天都、莲花二山为清凉世界，不知海原大旱。6月17日下过一场小雨，此后便滴雨未下。荞麦已经枯死，糜子抗旱能力较强，但再不下雨亦将绝收。在海原附近的彭阳，麦秸已卖到三角钱一斤。

麦子

此地地气阴寒，作物晚熟。6月间我在甘肃，那里的麦子都收完了，7月到了西海固，麦子正熟。今年的麦子长得辛苦，一个农民对我说："种下去就看着它长，浇花一样，麦苗才这么高——"他比了一个很短很矮的手势，"天天看，一次两次三次四次，看着心慌。最后结了穗穗，也是勉为其难的样子。"

柳州城的麻钱

7月25日黄昏，从山上下来，我们到了柳州城。一小伙子正带着小侄子小侄女收麦子，见城里人来，和善地笑，指着地里说："有麻钱呢。"——他料定我们是来捡麻钱的，他没猜错。

杨家将

柳州城在县城西南五里，据说是宋代杨文广屯兵之地。如今城墙故址尚存，城内尽为农田。我在甘南碰到过穆桂英，在固原三关口碰到了杨六郎，在这儿又碰上杨文广，于是觉得当年在边关苦守苦战、史书上有名有姓的将军们倒像是白忙了一场，中国人记住的是这几个似有若无的人物。

柳州城的麦子

麦子稀稀拉拉，田埂上堆着瓦砾，昔日柳州城的瓦砾。我没好意思去找可能埋在土里的古钱币，我站在一边，问小伙子："一亩地能收多少？"小伙子笑笑，不答。老刘说："我们这儿有句话，叫'种一包子，打一帽子'，年成不好，能收回种子就不错。"

返贫率

"返贫率",意思是,在国家扶助下脱贫的农户,一遇天灾重陷贫困。海原是国家级重点扶贫县,2000年,这里的返贫率高达42%。据说这片土地其实只能养活六十万人,但如今的海原人口是一百九十二万。不知有多少人的日子是快乐的,多少人的日子是愁苦的?

站岗的司机

很难说司机老赵是快乐还是不快乐。7月25日上午,老赵拉着我去干盐池,一路上他都在说单口相声,眯着眼、叼着烟,脸上似笑非笑:"当司机不容易啊。领导你要操心,领导的老婆你要操心,领导的媳妇子、孙子你也得操心;操心不是胡操心,要正确地操心,比如领导'关心下一代'去了,这事不用你操心,你只管在外边冻着,站岗。我开了十二年车,开到现在,成霓虹灯下的哨兵了。"——老赵那一路嘴就没停,为免影响不好,就不在这儿详细转述了。

干盐池

干盐池在海原西北方向,再往西走就是甘肃。此地四面环山,山皆穷恶,据当地人说,中间的盆地原为盐湖,山上泥沙俱下，湖被壅平。——说起来似乎近在眼前，但干盐池之名由来已久，大概有了这个名字时就已经没有湖了。

去干盐池的理由

干盐池产盐。在古代，盐是最重要的经济资源，它相当于2000年的石油或芯片，控制了盐就控制了金钱和权力，自汉武帝后，任何一朝帝国政府都把盐紧紧抓住：食盐官卖，民间不得插手。但"民间"何等深不可测，民间藏龙卧虎，民间藏污纳垢，民间如山如海，民间在两千年间一直秘密地流通着私盐。在宁夏，贩私盐曾是古典的发财途径，近代以后才被贩烟土所取代。——所以，在2000年，我想去看看产盐的地方，那曾是国家财富的源泉，也曾是民间巨大非法财富的源泉。

标语

依法管理碘盐
打击伪劣产品

——甘肃三甲集路边，时间为2000年6月。

阳光下

注满水的盐田在阳光下暴晒，水底是雪白的盐。盐来自地下盐层，经水浸泛上来，阳光暴晒，蒸发、结晶。整个过程皆为人工操作，大概千百年来没什么改变。盐工甚苦，如今的盐田主人也发不了大财。干盐池盐场属盐业管理局，现在承包给杨场长，据他说一年下来净赚两万——想必不止，但应该也不会太多。

盐之滋味

此地的盐不加碘，年产五百吨，主要用途一是畜用，二是果脯加工，三是腌菜。据说一般的食用精盐腌菜容易腐烂，用粗盐腌出来却菜叶犹绿，滋味好。读梁实秋散文，老先生对粗盐品咂不已，以为有盐味；这么个盐场也算是留予知味之人，当然，有兴致品盐味的人大概也不会得大脖子病。

"滚"的湖

那个消失的盐湖，据说原在盆地南部，1920年大地震，该湖"滚"到了北部。——想想吧，一个方圆近5平方公里的湖在"滚"，几分钟、十几分钟之间它就像一盆水一样被端起来，倾泻出去……

1920年12月16日

海原大地震是近代以来烈度最强的地震之一，震级超过了唐山大地震。它发生于1920年12月16日，距今八十年。当我 2000 年 7 月在海原时，我觉得那一天仍未离去，这是一个仍然活着的日子，它存在于海原这八十年的每一天里。

目击者

7 月 24 日，我到海原。晚上边吃边聊，不经意间，就有人提起 1920 年的地震。我叹道，毕竟八十年了，当年的目击者恐怕都没了。然后有人说，听说还有一个，现在西吉，一百多岁了。

"百年孤独"

这个故事几乎是《百年孤独》：在大地震的第二年，1921 年，海原一个姓马的年轻人领着几个孤儿去了邻近的西吉，在兴坪乡落脚，让日子重新开始，渐渐繁衍出一个村庄。据说到 1949 年，姓马的年轻人老了，七十岁了，马老汉把头发用锅灰抹黑，又娶了一个十六岁的少女。以此推算，该老汉今年就有一百二十一岁了。但 1999 年，有人去村中寻访，两个孙子却称老汉已死，死因一说是拉肚子，一说是感冒，对如此高龄的老人来说都是合情合理。但老汉的一个孙媳妇另有说法，她说老汉其实好好的，不过是去了女儿家："到甘肃浪呢。"

故事破了

后来到了西吉，我无论如何要去兴坪乡，去找那个老汉。

西吉的一位朋友听新闻一般听我讲完故事，然后有条有理地说："第一，我就是兴坪乡人，从没听说有这么个老汉；第二，1992年人口普查时我就在兴坪乡，九十岁以上的有八人，没查出过一百多岁的；第三，村里的老汉，活到八九十，年纪就没个准儿了，我爷爷的年纪就今天九十多，明天八十多，他随口就那么一说。"

隼

这位朋友在公安局，负责的似乎是涉外事务。西吉是偏远小县，按说难得和外国人有什么交涉，但近些年常有巴基斯坦人到县城旅馆住下，他们来买"鸽鹘"——学名是"隼"，一种可驯养行猎的野生猛禽，国家级保护动物。在乡间，有人走村串户，从农民手中购得偶然捕获的隼，转手倒给巴基斯坦人，而偷运出境的隼到了中东地区就能卖得巨价。——"那么，不抓吗？"我问。朋友苦笑："人赃俱获，当然要抓，但他们也诡秘得很。"

天上的海东青

其实我是见过隼的，一只隼展开双翅，在碧青的天上滑翔。那是7月25日中午，从干盐池去三岔河的路上。老赵忽然一指车窗外："看，一只鸽鹘！"我看着那只大鸟孤独地飞，我那时不知道它就是"隼"。后来我在翻查资料时发现了它的另一个名字——"海东青"。那是游牧民族和游猎民族最珍爱的鸟，是大清的帝国之鸟，海东青飞于天，那是天空的灵魂在飞。

阿什拉豆豆

阿什拉豆豆，由十几种杂粮（包括豆子）和鸡油煮成，其味甘香，有点像汉族的八宝粥。每年的法图麦节是回族女人的节日，照例要吃阿什拉豆豆。法图麦太太是穆罕默德的女儿，第四代哈里发阿里之妻，相传一次穆圣出征，途中绝粮，法图麦用沙漠上的石子煮出甘香的粥，那即是后来的阿什拉豆豆。——那天中午，石舒清的妈妈为我们做了阿什拉豆豆。

两座拱北

在石家的后院，俯瞰宽阔的川地，两座拱北相傍于一片墓园。一座通体砖砌，砖色清素，蒙上微黄的土色更显洁净、安详，黄土是洁净的，拱北似乎融于地；另一座覆以深绿的琉璃瓦顶，飞檐高翘，似欲化于天。石舒清说，那两座拱北，青的那座建得早，但现在是空的，其中安葬的圣徒被外乡人偷偷请走了。于是村里人又去青海偷偷请回了一位圣徒的遗骸，重建一座拱北，就是黄色的那座。

守护者

但是，有一天，那位圣徒在青海的后代竟然寻了来。那是

那两座拱北

一座通体砖砌,砖色清素,蒙上微黄的土色更显洁净、安详,黄土是洁净的,拱北似乎融于地;另一座覆以深绿的琉璃瓦顶,飞檐高翘,似欲化于天。

个中年妇人,她决心寻回她的先人。村里人为了难,他们要留住他们的圣徒,于是,他们捐款在拱北附近修建了一处院落,他们请那妇人住下来,把这个村庄当作她的家乡,她是所有人的亲人,她将和他们一起守护这座拱北。妇人答应了。

"内斯给"

站在拱北前,红花正开放。石舒清对我说:"这儿很穷,很苦,这一切都是'内斯给'——条件、福分和天命。在穷苦的地方人也可以活得安详、洁净、自尊。"

雨

7月25日晚,有了风,清凉的风卷起草叶、纸片,吹起衣袂。夜里,风声息了,有嘈嘈切切的细响自远处行来,我躺在床上,看着窗外,心想:下雨了。"下雨啦!"无边的大夜中有一个人在呼喊。

城堡

2000 年 7 月 27 日

第二座,西吉党家岔村

他们说那湖里有水怪。在有月亮的夜里,你也许能看见水怪冒出来,它像一辆卡车那么大,游来游去,湖水在月光下无声地翻涌。它冒出来干什么,吃人吗?当然不,没听说有谁被水怪吃了;那么水怪只不过是在夜里,看月亮。

7月27日,我看着这个湖。那时太阳照着我们,湖面平静。即使在阳光下,这个湖也是个奇迹,它镶嵌在这儿,它的周围是黄土的山。有一双手像玩泥巴一样把这些山揉搓了一通,然后随手一丢,把它们丢给了人,顺便还丢下这片水。

人可以慢慢地收拾残破的山,开梯田,种上树,让山的伤痕平复。但人拿这片水怎么办?它不能喝,它是咸的,所以它也不能浇地;它不流走,也不会干涸,它就停在那儿,甚至不起波纹,像一块绿色的冰,你捡起一枚石子掷去,那石子没准儿会在坚硬的水面上滑行。

在西吉的山间，你经常会遇见这样的湖，党家岔是其中最大的一个。八十年前的海原大地震，经过翻天覆地的一夜，第二天早晨人们看见了这些震湖。西吉人至今对这些湖感到困惑，它们一直未能融入人们的生活，就像它们与周围的黄土格格不入。西吉极度缺水，但西吉却有这么多无用的湖，这件事中或许暗含着某种残酷的意图。它们很美，美得妖气，注视着这些水，你会觉得在生活之外有深不可测的神秘和危险。

危险随时会来。在任何一个夜晚都可能有急促的锣声敲响，党家岔的人们从梦中惊醒，他们爬起来，他们顾不上点亮油灯，他们抓起早就打好的包袱，他们拉着孩子的手，他们向着村后的山上狂奔，他们看见远处移动的火把像狼群的眼睛，他们听见马蹄疾风般掠过大地，他们腿都软了，但他们不能停下，锣声疯狂地催促着他们，他们向上爬，直到山顶，直到堡寨的大门在他们身后隆隆关上，这时，他们才喘过气来，他们安全了。

党家岔的城堡位于山顶，占据着最佳防御位置。它的南面是陡峭的山坡，山坡下不远就是那个湖。我从这面山坡往上爬，一边爬一边后悔选错了进攻方向，如果我是土匪，当我战战兢兢四肢着地的时候，堡子里的人可以用火枪或土铳悠然地瞄准我的脑袋或随便其他什么部位。那么从两侧上怎么样？两

脚下是湖，我正爬向城堡

侧同样陡峭，唯一的好处是你如果被一枪打中不至于骨碌碌滚到水里，当然从几十米高的山上滚到地上和滚到水里也没什么两样。总之，作为土匪头子，如果我手里有一两百人马，我不会选择南面和两侧，那里都太狭窄，根本展不开，我会绕到后边，那是比较平缓的山坡，既能进攻也能撤退。不过，我知道，后边肯定是重点防御的地方，没准儿还架起了土炮，在这样的开阔地带他们可以更充分地运用火力……

7月27日，我在山顶上看完了湖就开始研究这座城堡。城堡为长方形，南北宽三十三步，东西长六十一步，堡墙为夯土筑成，高约4米，南北东三面绕以堑壕。城堡的门开在西侧，是拱门，黄土壅积，猫着腰才能进去，想当年应该不必猫腰。进了门发现还有一道门，两门之间高墙耸立，构成微型的瓮城。

现在，进到了城堡内部。这里原是建有房屋的，至少有仓库，储存粮食和武器，还有水窖，堡门一关，守上十天半月应无问题。但现在都没有了，一片田地，种着荞麦，前天刚下过雨，地是软的，一步一个脚印。但堡墙上有黑漆漆的方洞，那是安放马灯的壁龛，灯光照得城堡中人影幢幢。通向堡墙顶上的梯道旁有两孔灯龛，探手摸摸，手指是黑的，往昔的油烟尚在。

堡墙宽约五步，外侧的女儿墙已经倾颓。让我感到意外的是，这座城堡的设计者似乎把南边看成主要防御方向，又筑了

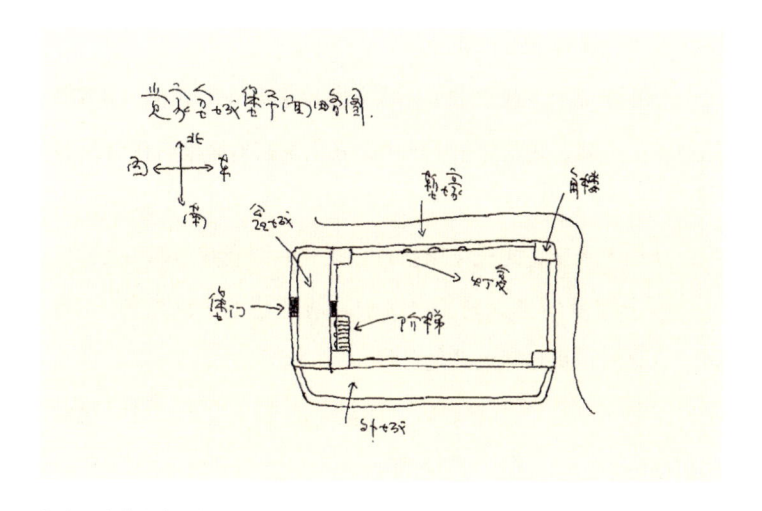

作者手绘的党家岔城堡平面图

一道较为低矮的墙，作为外城。我觉得它的主要功用是占住山顶南边的空地，这样就是绝对的居高临下，能以较少的兵力维持防御。——我不知道我的猜测是否正确，但我宁可相信那位设计者是个老谋深算的家伙。

站在堡墙上，放眼望去，你会发现这不是此地唯一的城堡。原地转了一圈，我就数出了四个，它们都寂寞地坐落在山顶上。

从山上下来，走进党家岔村，我开始调查城堡的历史。

五十多岁的男人说，这堡子是清朝建的。谁建的？不知道。总是村子里最攒劲儿的人吧。

老妇人说，李秀春建的，那是个地主头头子。啥时建的？解放前。

白须老汉说，是乱了那年起的，民团李团长，领着一村人，起了这么个官堡。

——"乱了那年"是哪年？我一问，竟是同治年间的西北大乱。在西北很多地方的民间记忆中，一百多年前的那场大事变有难以磨灭的深刻印迹。

不过我觉得这座城堡不大可能建于十九世纪的同治年间，一个必须考虑到的因素是1920年的大地震，当时山崩地陷，如果已有城堡，它不可能如此完好。所以，那个名叫李秀春的人应该是在地震之后西海固土匪为患的岁月中开始了他的宏大工程。

——也许我全错了，我的推理中每一步都有多种未被计入的可能性，比如城堡可能始建于同治年间，地震之后修复。一个村庄的历史是一个秘密，人们闪烁其词，用破碎、含混、相互矛盾的只言片语精心掩藏，那也是一座城堡，你找不到通向城堡的路。

在2000年，党家岔安全、平静。城堡早已废弃在村外的山上，在村里，琐屑的日子耐烦地过。刚下过雨，各家的水窖满了，一段时间里不愁水喝。雨水从屋顶流入挂在屋檐下的铁皮水槽，然后泻到院子里，地上有个隐蔽的小孔，满院子水由此汇入水窖。水窖一般在地面以下6米，这样水能自清，长存不腐。

在村头有间杂货店，红砖房，青瓦起脊，墙砖砌出各种纹样，看上去这房子有一种天真的华丽。主人有心思，日子富足。店里有个姑娘，是这家的女儿，在县城上中学，高二了，正放着暑假。姑娘文静有礼，把客人让进堂屋，站着，似乎一时不知该怎么待客才好，忽然一指桌上的大玻璃瓶，说："你们喝酒吧。"

扭头看，瓶子里泡着一条蛇。

在村头，我看村里人，村里人也看我。一群媳妇孩子嘻嘻哈哈地指着我发表评论，他们的话是本地方言，我听不懂，同来的朋友文斌憋着笑翻译道:"他们说,看那人,腿多粗啊!"

——我大笑,众人皆笑。

也有不可解的愁苦。一个老太太,站在她破旧的院子里,对我说她的老汉死了,女儿和女婿出去打工,家里只有她和两个外孙,小的那个又被开水烫了。老太太说着说着眼泪就要流下来。

我怕看见这样的眼泪。我走进那间洞穴般的箍窑,两个男孩子坐在土炕上,看着我,其中一个的腿上一片烫伤,似乎未经处理,已开始化脓。我看见箍窑的墙上有很宽的裂缝,我想再不维修这房子会塌。

"孩子得送医院,赶紧治。"我说。

"没钱呢。"老太太说。她的眼泪又要流出来。

我直想跑,我不能面对这个老人在好客的微笑下忍不住的眼泪,我想我当时并无怜悯之心,我只是突然感到虚弱和慌乱。是的,我扔下了二百块钱,但这与钱无关,甚至在某种意义上与这老人也无关,我就是虚弱、慌乱。

后来在村头,我们笑着,我看见那老太太背着一大捆苜蓿走过,我避开她的目光。

第一座,固原里沟村 5 组 45—46 号

堡寨曾经遍布宁夏农村。富家大户一般修有私堡,一家子住在里面,随时准备关起门来御敌。村落大多有官堡,由民团头领或地方缙绅牵头兴建,是一项公共工程,村民有钱出钱,

海原的一座堡寨

堡寨曾经遍布宁夏农村。

有力出力，一旦闻警，全村人立即入堡据守。

1949年以后，天下太平，且社会结构大变，堡寨没用了。耸立的寨墙成了旧时代的标记，被纷纷推倒拆除。在宁夏北部平原，现在难得见到一处堡寨，但在南部的西海固一带，你越往偏远处去，堡寨越多。7月26日，我从海原出发，翻过月亮山进西吉境内，几乎每过几座山峰就能看见堡寨立于峰顶。

也许是因为那些堡寨建在山上，去拆它可能和修建它一样费工费时，而拆了它也不过是多了堆黄土——在平原地区，黄土可以垫地，在山上，黄土只会被雨水冲走——它们便留下来了，它们被留下是因为它们被忘了。

——这是西吉的奇迹。

但我所见到的第一座堡寨不在山上，就在村子里，它们在人们的生活之中存留下来纯属偶然。我偶然看见它，走了进去。

那是7月23日，在固原。看完了1920年地震造成的波浪形地貌，我们走回公路，车在那儿等着。忽然，我指着左边喊道："看，那是什么？"

一座淡黄色的、光滑的城堡，在那个午后闪闪发亮。

城堡正面有两个拱形车门。门楣上钉着一块蓝底白字的搪瓷门牌，上面写着"彭堡乡里沟村5组45号"，另一个门则是46号。我想我只要在信封上写上——

宁夏固原县彭堡乡里沟村 5 组 45 号

胡俊发收

——那么一封信就会从北京抵达千里之外的那座城堡。昨天夜里，我一直在看一本流行小说《哈利·波特与魔法石》，我注意到那里边负责送信的是猫头鹰，这些奇怪的鸟，它们是最敬业、最偏执的邮递员，它们无论如何也要把信送到，不管你藏在哪儿跑到哪儿，你的信都会啪嗒一声掉到你的脑袋上，也就是说，好消息会来，坏消息也躲不掉。

当然，我并没有给胡俊发先生写信，我根本就没见过他，那座城堡和城堡里的人与我并无消息可通。我只是想，当初兴建城堡的时候，人们是否想到，当城堡矗立，坏消息就会来。人们不喜欢坏消息，可是如果不是为了等待坏消息，修建城堡干什么？

要让胡家堡充分发挥防御效能，我认为必须配备一个班的武装人员。它的四角各有一座炮台，齐腰高的女儿墙上留有射击孔，我试了一下，一个炮台上如果有三杆枪，就能居高临下地封锁住两个方向。

那么，胡家有这么多人吗？当然胡老太爷有三个儿子，但那时孩子们还小。所以我可以合理地推定，极盛时期的胡家大概有十多名常住的雇工，一旦有事，他们就变成剽悍的枪手。

在寨墙上看胡家堡

城堡永在,岁月常新。

精巧的"高房子",住着未出阁的姑娘

再进一步推定，胡老太爷应该是个商人。在贫瘠的固原，一个人很难仅仅从土地上积聚这样一笔财富。但如果他是个商人，这就很正常，一支远走银川、石嘴山甚至包头的商队应该有十多个伙计，而且必须配备武器。

至于胡老太爷做的是哪一路买卖，这就不好胡猜了。关于这个问题，胡家的后人语焉不详，胡家三奶奶只是反复强调，她的公公当年是条好汉，这个城堡固若金汤：

"炮台现在还能用。

"屑微的人进不来！"

——说这话时，慈祥的老太太露出了刚硬。

城堡里现在住着两户人家，45号是大爷，就是胡俊发先生，46号是三爷。大爷住正院，三爷住偏院。宁夏的私堡内通常会有两个四合院，从胡家堡的堡墙上看，虽然经过拆改，但两院的规模尚在，它们一前一后略微错开，当初如父子相依，现在是兄弟相携。

胡俊发不在，他的老伴把我们让进堂屋，上首正中是站在天安门上的毛主席，一副对联：

　　创基业恩泽四海
　　兴中华功高九天

横批是"公德千秋"。旁边一个小镜框里镶着一张画像,那是一位穿马褂、戴瓜皮帽的男人,粗眉大眼,狮鼻阔嘴,眉眼间有一丝笑意。

这就是胡老太爷了。

七十多年前的某一天,当城堡落成,胡老太爷正在他人生的巅峰,鞭炮震天,青烟飘荡,火药的气味是香的;人们挤满了门前的空场,孩子们在奔跑嬉闹,其中有他未来的三儿媳妇,一个一身花衣的小姑娘。那时的城堡还是褐色的,阳光还没有蒸干泥土的水分,他的骆驼正漠然咀嚼,他的马在槽前躁动,他的伙计们脸上都是通红的酒色,他站在那儿,承受着所有羡慕的、嫉妒的、谄媚的和怨恨的目光,那时他心中默想:

城堡永在,岁月常新。

顺便说一句,重看照片,我忽然想到胡家堡的大门其实原来只有45号一处,另一个门显然是后来兄弟分家后在堡墙上掏开的。

第三座,西吉火家集羊牧隆城,或明台村将台堡

7月27日,在去将台堡的路上我看见了它。在宽阔的河谷尽头,它隆起、延伸,层层叠叠,嵯峨峥嵘,像一个巨大的蜂房——这不准确,它是由无数房间、无数条迂回曲折的巷道构成的迷宫,一座真正的古堡,里边有鬼,有魔法师,有国王,有沉睡的大美女。

——我觉得我的趣味真是有问题啊,我不该看那么多格林童话、博尔赫斯的小说、迪士尼的动画片,当然还有"哈利·波特"。

我问:"那是什么地方?"

文斌看了看说:"火家集,以前是隆德县城,叫羊牧隆城,后来迁走了。"停了停,他忽然说:"火师傅,你家就在这儿吧?"

火师傅正开着车,他的老家就在火家集。

隆德县亦属固原地区,位置在西吉以南的六盘山一带。我翻查了一堆资料,终究还是不知它的县城何时迁走、羊牧隆城始建于何时、这座城为什么叫这么个怪名字。西吉设县是在1942年,县名是由哲赫忍耶沙沟派教主马震武拟定的,包括羊牧隆城在内的将台乡一带地区应是原属隆德,当时并入新设的西吉。

从将台堡回来,已经是下午了。前天下了雨,几处公路被洪水冲断。西吉少雨、缺水,一旦下雨,洪峰从山上下来,无遮无拦,奔腾而过,然后还是少雨、缺水。在党家岔村的墙上我看到一条标语：

> 抗洪抢险，人人有责

——干渴的土地和干渴的人盼着雨，雨来了，洪水也来了。

这与植被状况有关。西吉的山大多苍黄狞厉，很少有树。是原本无树还是后来砍了，这我忘了问。不过说起树，现成就有一个例子：车出将台堡，路边是新栽的护道树，不知怎么说起的，火师傅告诉我，原来这一路皆为"左公柳"，合抱粗的老树，夏季浓荫蔽路；后来，大概是十几年前吧，一家火柴厂盯上了这些树，他们不管什么左公柳，他们觉得这是现成的木头，而且可以不花钱。于是，几乎就在两三天内，他们把这一路的古柳砍伐殆尽。树没了，变成火柴了，烧了。

"现在又想起来栽树，这要多少年才能长大呀！"火师傅最后总结道。

是啊是啊。谈起这些事我们总会痛切地感到生活中巨大的荒谬和愚蠢。但是，那些昭彰显著的愚蠢通常是由无数最聪明最机灵的家伙干出来的。那家火柴厂多么聪明，当年的厂长多么聪明，聪明人活在当下，从不多愁善感，从不管地久天长。

左公柳，以左宗棠命名。清同治年间，左宗棠率师西征，从陕西关中直到新疆，进军途中沿路栽柳。

在甘肃、宁夏，我没有见过左公柳。不过偶尔会有人说，这里原来一路都是左公柳。

然后，羊牧隆城就越来越近了。汽车从公路上拐下去，沿着土路向前开。一条河穿过谷地，这是葫芦河，水流得很猛，但终究是一条小河。河上有桥，平贴着水面，想见这河平日里难得有水。过了桥，羊牧隆城到了。

——我觉得我的心在一点点凉下去，车停下来的时候，心就凉透了。这哪是什么城堡，不过是一处庞大的村庄，鸡鸣狗吠，生机勃勃。

羊牧隆城在远处看是一座城堡，我也许是个不走运的樵夫，当我走近它时，某种神秘的符咒发挥作用，眼前原来是寻常俗世。

当然这曾是一座城，我能清晰地看见城墙遗迹，田埂上堆满瓦砾。不过我并没有像在天都山那样盯着地面走路，我认为我不会在这里捡到宝贝，毕竟这里是人烟辐辏的村庄，无数人寻寻觅觅，地已经捡得干干净净。

这是火家集，火师傅的老家。

火师傅是蒙古族，知道这一点再看他就越看越像。火家集当然有很多人姓火，这些昔日游牧武士的后裔现在已是纯粹的农夫。

他们从哪儿来？何时来？这恐怕很难说得仔细，但在大的历史背景上，他们的来历有迹可循。当年六盘山是成吉思汗、忽必烈的避暑行宫，1227年，成吉思汗在此指挥攻伐西夏的战争，于军中升天。元初在固原开城设安西王府，统领大军十五万。在此期间，宁夏南部有大批蒙古武士来来去去，其中想必有一部分定居下来，生息繁衍。

据说，当年成吉思汗曾在羊牧隆城住过七十二天，不知道随行护驾的人马中是否有火师傅的祖先？

因为惦着羊牧隆城，在将台堡就看得潦草。其实将台堡才是真正的"堡"，据说建于同治年间，是官堡还是私堡我当时没问。不过它位于明台村正中的高地，周围的山又离村较远，很可能是一座供村人避难的官堡。堡中的一位老人告诉我，这里曾驻扎过五十人的民团。

——这座城堡会一直矗立下去，因为它经历了、见证了中国现代史上的一个重要时刻。1936年5月，已经到达陕北的红一方面军西征迎接红二、红四方面军；10月9日，红一、红四方面军在甘肃会宁会师；21日，红一、红二方面军在将台堡会师，至此，长征结束。

将台堡的东侧有一片宽阔的广场，1936年10月22日，将建立一个新国家的衣衫褴褛的战士们在此放声歌唱。现在，这里矗立着一座纪念碑：

中国工农红军长征将台堡会师纪念碑

第四座，西吉明星村郭家堡

从文斌说起。文斌是郭文斌，在固原文联工作，其人文质彬彬，性情中有令人感动的温厚细腻。

文斌是西吉人。初到西吉，在县委招待所住下。文斌坐在床上，悠然而道："小的时候，我们那儿有句话，'进了西吉城，先看马玉红'。"

我精神一振："噢，那你看了没有？"

文斌一笑："在街上见过，真是漂亮。"

7月25日，我们从海原去西吉。路上说起西海固的堡寨，文斌告诉我，他们家也有一座，至今仍在。

"那你们家是地主了？"

文斌忙说不是："我们那儿哪出得了地主啊。那堡子是1952年打的，我爹一直在将台镇上当文书，挣了点钱，回家就打了这么个堡子。刚打好就开始了土改，人家说这村就他们家有堡子，定个上中农吧——那在我们村就是最高的成分了。"

我笑："留着钱干点什么不好，堡子起来了，成分也高了。"

文斌对郭氏家族历史上这个重大的决策失误颇为痛心,他说:"是啊,三十七块白洋呢。"他比画着说,"一块一块的,从这只手一直摆到那只手。"

车里一时静默,我们似乎都在看着那白花花的银洋一枚接一枚摆放在文斌父亲张开的手臂上。

文斌打破了静默,他幽幽地说:"不过也好,要是拿那钱买了地,非成地主不可。"

两人大笑。

海原和西吉交界的月亮山是绿色的山,没有森林,但遍山绿草,明亮的、令人眼睛微微胀痛的绿。有时在山坳跳出一片金黄的麦田,那是偷着种的,今年封了山,严禁开荒。

经过一座山头时,文斌指着说:"考你个问题,你看那是什么?"

我扭头看,见山头上隆起一个土包,上面直直地插着一根树枝。那该不是坟吧?把人埋到山顶上,我认为这是个美妙的主意,但我估计这里的人们未必有这份闲情,况且山头再多也比不上人多。

文斌得意地笑,他说:"那叫'炸山头'。里边埋着猫头、狗头和铁铧,插一根树枝分开乌云,可以防冰雹。"

我听得云里雾里,问道:"那管用吗?"

"管用!"文斌说得斩钉截铁,想了想,他又做出了进一步的阐释,"这就像避雷针一样。"

在宁夏其他地区,我没有见过"炸山头",而7月25日清晨,在西吉北部的群山中,却常见干枯的树枝插于山巅,指向翻滚的乌云。此地气候阴湿,想必冰雹为患,别的地方一年到头难得下雨,自然不用"炸山头"。

标准的"炸山头"应是五个土丘,居中的一个较为高大,树枝也较长,另外四个小的分据东南西北四方。山头是由喇嘛选的,"炸山头"必须经过喇嘛作法才能有效。

——那么,一件有趣的事是西吉居然有喇嘛。此地居民主要为回汉两族,当然也有蒙古族,但宁夏南部的蒙古族人在元初即已皈依伊斯兰教,按说不该有喇嘛。

但人民的精神生活深不可测。在文斌的家乡,他记得小时候就游荡着一位喇嘛,那喇嘛穿着破旧的法衣,提一根狗皮鞭子,谁家有了邪祟,喇嘛进门,二话不说就是噼里啪啦几鞭子。有时甩鞭子不足以驱邪,那就得摆开阵势作法。听着文斌的描述,我觉得该喇嘛是在召唤一个《西游记》式的神灵世界——

摆上炕桌,桌上放一木匣,匣里装着麦子。当然还有牌位,佛的、菩萨的、齐天大圣的、二郎神的,一溜牌位。然后喇嘛焚香礼拜,口念咒语,如此等等,行过一套程序,最后大喝一声:"太上老君急急如律令!"

于是，佛、菩萨、太上老君、孙悟空、二郎神同时降临于夜色沉沉的山村。

那喇嘛不知从何处来，据文斌说，他来自西藏，也许是吧。从西藏到这里他走了很远的路，在神秘的游荡中他不断地遭遇新的神灵。

在一处"炸山头"，树枝已被风吹倒，我把它扶起来，让它指着天。我是个唯物主义者，但站在这里，不禁肃然，这根树枝连接着苍天和大地，它在人的世界和神的世界间暗通消息，人的虔诚祷告从梢头发出，神在倾听。

旁边的山顶上有一座宏大的城堡。

26日黄昏，跟着文斌回家。夕阳下，黄土的群山金黄，壮阔华丽。那小山村也有一个华丽的名字叫"明星村"，文斌说，原来是叫"粮食湾"的，"文革"中改了，其实叫粮食湾时也不曾多打粮食。

门前有一棵高大的榆树，这就是郭家堡，文斌的父亲生命中最宏大的工程。

四十八年前，文斌的父亲站在堡墙上。那时他还年轻，两个儿子还没有出生，但他已经修建起自己的城堡。当然，这是个小堡子，比起镇上的将台堡它小得像个玩具，但它安稳地立

大榆树左侧是郭家的城堡

堡墙将挡住乡邻的目光,但同时,乡邻们将日复一日、年复一年地张望,这座城堡是他们生活中的一个梦想。

在这儿,就像他自己,作为一个农夫、一个乡村书生、一个丈夫安稳地立在这个名叫粮食湾的村庄。堡墙将挡住乡邻的目光,但同时,乡邻们将日复一日、年复一年地张望,这座城堡是他们生活中的一个梦想。文斌的父亲站在梦想中,他看见雪白的鸽子在他的屋檐上梳理羽毛,看见几只蜜蜂从堡墙上的蜂巢飞出,振动着透明的翅膀,看见他健壮的儿子们和娇小的孙子们,看见他的乡邻从敞开的堡门亲切敬重地走进他的家。在他的世界、他的城堡,他是一位仁慈而全能的君王。

是的,我怀疑郭家堡在设计之初是否认真地考虑过防御功能。它的堡墙在昔日的粮食湾和今日的明星村都显得高峻,但实际上也不过两丈,而且它的后边就是山坡,这使得堡墙之高失去意义。堡墙上没有预留射击孔,墙上的过道又窄,我走在上面战战兢兢,我觉得只有武林高手才会在这样的墙头与人搏斗。

所以,郭家堡是一个重要例证,它表明堡寨这种建筑不仅是有明确功能的防御体系,还是一种心理形式和生活形式,在昔日的宁夏农村,它也是一个家庭的社会声望的象征。

我见到了文斌的父亲,一个瘦高的、胡子灰白的老人,平和、从容。看完他的城堡,老人说,应该去看看崖窑。他领着我们走出村子,在村边的一道土崖下,我看见几孔窑洞,洞口长满野草。

老人说,这里是先人住的,郭家的先人从甘肃秦安迁来,就在这崖下打了几孔土窑。

窑洞很深,从门口到洞底我走了二十七步,洞底是存放粮食的地方,粮食是最宝贵的财富。

——这一切都如此清晰,一个从这儿走出的人会精确地记得他的家乡。

那天离开郭家,我走了平生最险峻的路。汽车几乎是头朝下开,火师傅反倒兴奋起来,一边猛打方向盘一边向我高声阐述西吉的司机为什么是全中国最好的司机。当车子终于开到平地上,我把一颗心放下,坚决地断言,火师傅是西吉最好的司机。

我们被一条河拦住,我又遇上了葫芦河,平日是干的,现在河水汤汤,车子不敢贸然开下去。我和文斌下了车,脱鞋,去试试水深水浅,文斌怕我淹死,但河水刚没膝盖。

站在此岸,用青草擦脚,看着火师傅把车开过来。

据《民国固原县志》,葫芦河亦名硝河、苦水河:

> 源出海原新营五原堡,南流至将台堡,会马莲川,入隆德界。

过了隆德它就进了甘肃陇东，最后汇入渭水。

顺便说一句，文斌后来打听过，马玉红已经死了，是自杀。她死的那年大概四十多岁吧。

天翻地覆时

1920年12月16日—2000年6月6日

2000年6月6日,傍晚6时59分,在兰州,我正在读《黄金草原》,一千年前一位名叫马苏第的阿拉伯人正庄严地讲述大地和天空的事情。后来我重新翻开这本书,在折下一角的第97页看到这样一段话:

> 有些印度人认为世界的更新每7万哈宰尔宛年发生1次;当这一时代消逝之后,生灵将返回,各代人将重新诞生,动物将复活,水将重新流动,牲畜重新开始行走,绿色装饰地面,一种微风穿过大气层。……

在那个黄昏,我事后认为我应该思考一下人生的意义什么的,但是没有,我站在窗前,看这座安静的城市,真安静啊,城市在屏息等待,远处烟囱的一炷长烟笔直。

等待大地再次震动。

在宁夏的西海固，人们对我说："看，前面那座山，是从后边走过来的。"——山在"走"。

又说："那个湖，那是从地下跳上来的。"——湖在"跳"。

走在田间，干裂的土地上荞麦和糜子苟且地活着，这时人们说："你看，这片地。"

——这片地一望无际如海浪起伏，似乎在某一瞬间，涌动的浪猝然凝固。这是黄土的海，八十年前的一个晚上，海曾沸腾，七分钟或九分钟。

我时常想象那天晚上的情景，我梦想我站在海原县的城楼上，借一弯残月俯瞰大地。但那种时候如果不是正好身在高处谁会往高处上站呢？2000年的6月6日，我就正好身在高处，那是一幢二十一层楼的第17层，我躺在床上看书，忽然发现腿在不由自主地摆动。是啊是啊，今天走了很多路，但也不至于这样吧。正想着，见对面敞着门的衣橱里几个衣架也在晃悠，脑子里一黑：

地震了！

接下来的事情正所谓说时迟那时快，我在正翻开的那页折下一角（准备接着读？），起身穿鞋（穿鞋跑得快？），然后站在那儿，感到是站在甲板上，我开始思考怎么办。A方案是往

地震形成的湖泊，美丽而阴险

"那个湖，那是从地下跳上来的。"

下跑。坐电梯？当然不行。顺着楼梯跑？想想吧，十七层呢。所以决定不跑。那么就有 B 方案：躲进卫生间。但这里有个审美问题，如果这楼塌下去，我不想在卫生间里被人发现。

于是，就只好站在窗前，往外看。

现在，窗外是北京。我在想，八十年前的那个晚上，当末日般的灾难降临时，西海固的人们在干什么。大多数人在睡觉，北方的农村，人睡得很早，况且又是冬天，天黑得早；城里人可能醒着的较多，据我所知，固原县药膏局局长梁植甫、甘肃省委员李某、青海省买马委员刘华庭、县账房师爷隋某就正在打麻将。药膏局是个官办机构，制售戒毒药品，其实还是卖大烟，而那位买马委员显然是千里迢迢到固原采买军马，今天晚上也不知这桌麻将谁赢谁输。

时针指向七点，所有的座钟和挂钟当当鸣响，发出蓄谋已久的信号，于是，开始——

突见大风黑雾，并见红光。大震时约历六分，……震动之方向，似自西北方来，往东南方去，有声如雷……

状如车惊马奔，轰声振耳，屋倒墙塌，土雾弥天，屋物如人乱抛，桌动地旋，人晕难立……

我将毁灭你们的城。让房屋塌了。让河水倒流。让山走。

黑水从裂缝中涌出。大风扫荡大地。大雪将覆盖废墟。

——这天是公元1920年12月16日，岁次庚申，阴历十一月初七日。

在《1920年海原地震破坏和有感范围图》上，一个圆圈画出了破坏范围，圈内包括西宁、兰州、银川、西安、太原，圆圈的中部左侧是极震区，状如一滴由西北流向东南的泪水，那是海原、固原、西吉直到通渭的狭长地带。

这里是横亘北中国的黄土高原，地震几乎就发生在高原的中心点上。大地把震动一波一波地传向远方，止于一条沿中国东南海岸画下的弧线：北京—天津—上海—香港。

12月16日晚8点10分，在北京，一些人有轻微的晕眩感，持续约三分钟。

在上海，天花板上的吊灯和吊扇长时间晃动，英国领事馆的时钟、信号钟和当时中国唯一的地震观测机构徐家汇观象台的报时钟都停止了摆动，后者停摆的时间为8点13分37秒。

在香港，一位名叫福契特的神父正躺在医院的病床上，"他清楚地感到床在晃，纱帐在动"。

这里有一个疑难点：海原地震发生的时间是在七点，而东南沿海一带记录到的震感时间何以在八点以后？对此我的解释是震波在大地上涌动，这需要时间，比如一个小时。该解释并无科学依据，而是出于对比喻的信任，我认为震之有"波"，正如向水中投掷一枚石子……

但那天晚上，在西海固，没有人手掐秒表等待那个天地翻覆的时刻。人在奔跑、哭泣、号叫，在流血，人失去重量，人在死去；没有人看表，也许是在一切都已发生、惊魂甫定的时候，有几个人才想起掏出怀表，而在那个时代几乎是身份象征的珍贵的怀表可能已经停了，也可能正无比亲切地嗒嗒走动，但却走得快或走得慢。

我查阅了震中各县的记述，发现对地震发生时间的记录极为混乱：最早的在6点35分，最晚的竟在九点，大多是在七点到八点之间，其中又以七点居多。

那么好吧，我写道：地震发生在七点。但我认为那一刻其实没有时间，时间被从人的手中夺去。

那天黄昏，老叶打来电话，他气急败坏地问：

"你在吗？"

我说："我在啊。"

"那你还不赶快下来！"

于是我就下去。现在安全了，可以坐电梯，当然，安全了其实就不必下去了。

开电梯的小姐竟不知道发生了地震，满电梯的人都在向她论证刚才的情况有多么危急。一个胖丫头宣称她感到头晕，身穿西装的中年男人险些在卫生间的瓷砖地面滑倒，他身旁的姑娘幽幽地说："我正打字呢，一看，屏幕怎么是歪的……"

屏幕是歪的？我看着她，想着那些字像水一样滑向屏幕一角。

到了，脚踏着大地，多么好。然后我就看见老叶匆匆走过来，劈头就说："在景泰，5.9 级。"

景泰？后来我查看了地图，景泰是兰州正北方向的一个县，在腾格里沙漠边缘。那天傍晚，这个陌生的地名显得非常遥远，况且只有 5.9 级，我想是这幢二十一层的高楼放大了震感。站在街边，看行驶的车、走过的人，像海底的鱼一样慵懒、安静，温暖的夜色降临。

于是，我和老叶先各吃十串羊肉串，然后去吃手抓羊肉，然后换个地方吃火锅，其间各喝一瓶青稞酒，然后又到酒吧喝下三扎啤酒，然后就醉了……

第二天，太阳从大风和黄雾中升起，幸存者们看着陌生、残破的大地。他们的嗓子嘶哑，手指的血已经凝结。他们幽灵般在废墟上游荡。他们沉默，他们的声音刚一出口就已消散，中国听不到自己心脏深处的惨叫。

海原大地震也许是世界历史上最少被人了解、被人记起的灾变。它发生于 1920 年，正值 1919 年余波荡漾，1921 年蓄势待发，中国人，那些生活在北京、上海、广州的人感到大地有轻微的颤抖，然后他们就继续全神贯注地去书写宏大的历史，海原地震不过是舞台吊灯几分钟的晃动。

于是，地震破坏范围内的人民孤绝无依。在现有资料中，直到次年1月11日，也就是地震发生二十六天后，我才看到甘肃督军张广建（当时宁夏属甘肃）通电全国，发出赈灾呼吁。没有一份国内报纸派人前往，没有一个政府官员亲临灾区，连职责所在的张广建本人也没有去，这种呼吁的效果如何可想而知。

乾隆三年，阴历十一月二十四日，宁夏发生大地震。次日，宁夏将军阿鲁发出了八百里加急的奏报。然后，我翻阅着档案，看着一部严密庞大的国家机器以在前工业时代举世罕见的效率运转起来：阴历十二月十四日，兵部侍郎班第作为赈灾钦差大臣驰驿赴宁，川陕总督查郎阿闻报后已兼程前往，十八日到宁；甘肃巡抚元展成行动迟缓，遭到乾隆皇帝的斥责：

> 若非查郎阿能知大体，闻信昼夜前往，朕复遣大臣驰驿办理，则汝尚在睡梦中也。此何以称封疆之任哉？

乾隆是称职的君主，他意识到在天道和臣民之间，君主负有根本的伦理责任："此次灾变异常，朕抚躬自咎，实切惭悚。"我相信他的"惭悚"是真诚的，我甚至认为这种敬畏之心是古代中国的宪法精神，它迭遭践踏，但恒常如江河行地。

1920年，民国建立第九年，是年海原地震，北方大旱。我们有了一个民选的国会,这个国会将在三年后把总统职位卖给一个出得起价的土军阀,我们已经不会"惭悚",我们正轻装前进,走向现代。

然后就是遗忘。

在海原、固原和西吉,我一直在寻找1920年大地震的目击者。我知道我找不到,八十年了,即使当时十岁,现在也九十岁了。

但我仍然希望能碰上一位老人,他对我说:"现在我九十了,那年我十岁。"——在西北农村,我碰到过许多老人,她或他会指着一幢房子说:"起这房子时我十四岁,还没过门呢。"或者说:"闹匪的那年我才八岁,跑不动。"你把他们现在的岁数减去当时的岁数就可以确定那些重大事件发生的时间。他们是老树,细数年轮可知往日消息。

但老树终将倒下。

在一张照片上,两个面目不清戴眼镜的人坐在帐篷里,扭头看着外边。他们是翁文灏和谢家荣,两位地质学家。从装束上看,时间应该是夏天。1921年夏,北洋政府农商部派翁、谢二人为"调查陕甘地震委员",前往灾区考察。他们分别撰写了《调查甘肃地震大略报告》和《民国九年十二月甘肃地震报告》。

于是我们得知海原地震的震级为里氏8.5度(一说8.6度),

在二十世纪的大地震中其实并不算极高,但它的破坏强度却是最高:烈度达 12 度,这意味着"彻底的破坏",意味着 234,117 人的死亡!谢家荣叹道:

> 此数之巨殊足骇人。考世界最大地震,如葡萄牙之里斯本、意大利之加拉勃里亚死人不过数万人。日本最大地震死人不过万余人。

宁夏、甘肃八十年前人口稀少,二十三万人意味着巨大的死亡率。在震中海原县,死亡人数达七万三千余人,占人口总数的 59%。那是深受侵蚀的黄土高原,土质疏松,一遇震动,黄土如巨浪崩泻,淹没整个村庄,依山凿掘的窑洞顿时成为墓穴。

于是,在海原,我很少看到有人居住的窑洞。人不再住在窑洞里。"宁在风中飘,不住土箍窑",有时在路旁或村头你会看到崖下有几孔废窑,窑前荒草丛生……

离开海原那天下着小雨,是在漫长的焦渴中等来的雨,天地舒展,正好行路。上车前,我指着一幢别致的小楼问:"那是什么?"

送行的朋友扭头看了一眼,说:"给美国人盖的。八十年代好多美国人来考察海原地震,那时也没个像样的宾馆,就盖了这么个楼。"

海原地震很大程度上是被外国人"发现"的。"发现"这个词隐含着权力关系，我们不喜欢被"发现"，但如果事物发生了，然后事物在一派沉默中被说出，这就是"发现"。关于海原地震的大量现场记述来自各地的传教士，他们似乎有一套隐秘的联络系统，通过书信，他们将消息送出道路阻隔、电报中断的灾区，所以外国人对中国偏僻的心脏地带所发生的事情有着比中国人自己更清晰的了解。

1921年3月6日的《中国民报》报道："据国际赈灾救济会称，现派赫君等赴贵省灾区实地调查，俟回报后即行筹备相当救济之方。"那么这位"赫君"应在3月间就已抵达海原，这肯定早于翁文灏和谢家荣。

现存的海原地震现场照片大致分为两批，一批由翁、谢拍摄，另一批是由U.克劳斯拍摄的。我一直不知道这位克劳斯是谁，直到有一天，在北京机场买到一本名为《彼岸视点》的书，随手翻着，看到一张照片，三个穿长袍的中国人站在窝棚前，照片的说明是："固原的电报站。在这里发出了第一份关于地震的文字电报。"

——终于找到了克劳斯。我见过这张照片，它正是克劳斯所拍，而且我所读过的照片说明可能翻译得更为准确：

> 震后一个月，在用席子、门板搭起的棚子里发出第一

份电文的固原电报局。

《彼岸视点》收录了美国《国家地理》杂志二十世纪初对中国的报道,其中发表于1922年的一篇文章题为《"那里的山移动了"》,写的正是海原大地震:

> 尽管这次海原大地震发生在1920年的12月,但是直到最近,这一事件才渐渐为甘肃省以外的人们所逐渐了解,或许,这一事件是现代社会宣传影响最小的大灾难了。

文章的作者名叫伊万格莱里·布斯,他随"国际救助灾害委员会"派出的约瑟夫·W.霍尔和约翰·D.黑斯前往灾区考察,他们正是在1921年3月6日从河南启程的,而这位霍尔显然就是《中国民报》所云的"赫君",U.克劳斯应该是霍尔一行的成员。

布斯比我早到七十九年,他站在废墟上,倾听幸存者的故事:
某个村庄全部被崩塌的山体掩埋,只有一对被子女遗弃的老夫妇逃过大难,因为他们孤苦无依地住在村外的窝棚里。
这个故事包含着严厉的道德训诫,也许它至今还在那片土

为美国考察者盖的洋楼

地上流传。

还有一个故事奇怪地混杂着残酷和欢乐，说的是两个外地客商，那天晚上投宿一家旅店，地震发生后，他们那间客房被埋了起来。旅店的老板死里逃生，过了好几天，才猛然想起下边还埋着两个人呢。等把房子挖开，只见两位老兄正躺在床上眨巴着眼，完全不知这几天发生了什么事。

但事情还没完，该老板把人救出来，手一伸，要房钱。而且这几天埋在地下的房钱也要算，一文也不能少。

关于八十年前的那场灾难，我所知道的就是这些。也许我还可以知道得更多，比如1921年6月16日的《民国日报》上有一条消息：

> 大陆报驻北京通讯员好尔氏及女士海斯氏前同往甘肃，调查地震情形，将实况摄成影片，近已在北京放映。

我渴望看到这部影片，它也许正尘封在某个美国图书馆里。《大陆报》是一家在上海发行的英文报纸，直到1923年9月，它还在发出关于海原、固原一带发生强烈余震的现场报道。

当然，我最想知道的一件事是永远无从得知了，那就是当灾难降临、天地翻覆时，人在想什么。

好在我可以举出类似情境下的例证：1906年旧金山大地震，著名的意大利歌唱家卡鲁索站在皇宫饭店窗前，对着遍地废墟放声歌唱，金子般的歌声飞鸟般翱翔，旧金山的人们——哭泣的人、恐惧的人、挖掘瓦砾的人和躺在担架上的人都抬起了头，他们倾听着，他们的脸渐渐被照亮……

故事还有另一面，伟大的歌王十一天前刚碰上维苏威火山爆发，到了旧金山又赶上地震，于是他认为这事完全是冲着他来的，吓得哭成一个泪人儿。他的经纪人百般劝解，最后把他推到窗前，一把推开窗户。说："唱吧，没事的，唱吧——"

2000年6月6日，当景泰发生地震，我也站在窗前，我看到这座高楼的右下方有一道长长的石阶，两旁绿树葱茏，一个穿着红裙的女人正逐阶而下，她似乎并未感觉到什么，朱红的长裙飘拂。

那时，我无限地爱她。

同心路上

2000年7月28日—2000年7月29日

7月28日，喊叫水

那个地方名叫喊叫水，喊叫水喊叫水水啊水！

中午，回家的时候，我看见楼下的门房贴了一大一小两张告示，大的号召向"母亲水窖"工程捐款，救助西部干渴的母亲；小的让住户去居委会领取节水龙头，门房的大妈说："白给的，不要钱，干吗不去领啊。"

水把我们与西部的母亲和孩子们联系起来，似乎是这样的：当我们拧紧水龙头，黄土高原上的某个水窖里就会多一滴水。

是啊是啊，这非常正确，当我在报纸上看到有人洗一双袜子用了四盆水我也感到心疼。但是问题不在这里，当传媒津津有味地盯着人家洗袜子时，事情的真相被有意无意地遮蔽了，那就是：我们伟大而壮丽的消费社会是以对资源的不公正分配为基础的，我们的基本信念、我们的整个生活本身就是对我们遥远的同胞和乡邻的掠夺。

——这根本不是拧紧水龙头的问题。

7月28日下午，我在喊叫水。这个村子位于同心县城的西北方向，开着车，沿高速公路一直下去，你就到了喊叫水。

也就是说，它就在公路边上，公路宽阔平坦，这样的路肯定会通往世界任何地方。

但公路两边的山令人心寒。相比之下，西海固的山是好山，是驯顺的，它们被蹂躏、掠夺，人在它们身上制造荒凉；而这里的山倔强孤傲，它们根本拒绝人，它们决意不让人留下任何痕迹。看着铁红的山连绵起伏，你会感到被遗弃于某个死寂的星球，没有水，没有寸草，只有风在鼓荡，风在耐心地雕琢着山。

喊叫水就在这里，我试着喊叫一声，声音一出口就消散了。

街上没有人。啊，终于有了，一个男人晃晃悠悠地过来，端一大碗。那人看我一眼，从我身边晃悠过去，然后，蹲在门口，专心致志吃那碗面片。

这是一排红砖瓦房，房子旧了，大概有七八间吧，那人蹲着的门口挂着门帘，门帘一挑，窜出两个脏猴儿似的小男孩儿，瞪着小眼儿看我。

喊叫水

没有水,没有寸草,只有风在鼓荡,风在耐心地雕琢着山。

现在不是吃饭的时辰，这排房子看上去也不像民居，完全不是农家的格局。

我问："这房子……是你的吗？"

那人翻我一眼，继续吃，咽下去一大口，才说："是啊。"

人家蹲在地上吃，我站着，我觉得这样谈话很困难，就也蹲下去。想了想，用拍马屁的口吻赞美道："这房子不错，挺大的。"

这话那人爱听，他抬起头，看看这房子，得意地说："我买的，才一千块钱。"

"一千块钱？"我做惊诧状，"这么便宜！"

那人笑了。我又指指两个小家伙："你的孩子？"

那人又笑，说："四个，四个男娃。"顺手在其中一个的屁股上拍一掌。

我看那大的也有十多岁了，便转移方向，胡噜着孩子脑袋做亲切状："小家伙，上学了没有？"

孩子扭着身子看他爸，他爸说："不上。"

下面我就有点找不着话了，我不好意思跟这个面容憔悴的中年人谈孩子应该上学，学知识学文化长大才有出息，况且还有《义务教育法》。我掏出烟，和他一人一根，点上，抽着。

抽着烟，我又有话了，我问："这房子以前是干什么用的？"

那人说："是学校。"

"那学校呢?"

"搬走了。"

原来,不上学的孩子住在昔日的教室里。

喊叫水实际上是两个村庄,隔着一道河川,东边一个村子,西边一个村子。河叫长沙河,从地图上看,一条断断续续的虚线通向清水河。虚线表明这是季节性河流,有时有水,有时枯水。其实,地图上许多结实流畅的蓝线也早已变成了虚线,比如清水河、葫芦河,但制图者们仍在观察、等待,他们是审慎的医生,他们不会轻率地宣布一条河的衰亡。

所以,很多已不存在的河流仍在地图上流淌。

当然,截至 2000 年 7 月 28 日,长沙河还在,而且正如地图所绘,它是虚线,河床上贴着地皮象征性地流着一缕缕亮晶晶的小水,命若游丝。

"这水能喝吗?"我问,一边打量着眼前这个姑娘。

"能喝!"姑娘坚定地回答。

后来我知道那水不能喝,是苦的。但我总在想那个姑娘为什么毫不含糊地断言能喝。我看见那姑娘站在河边,她穿着松糕鞋、喇叭裤,她的装束与这个村庄格格不入,她也许二十岁,也许十七八岁,但脸上已挂了风尘。

——我就直说了吧,我怀疑这孩子是从城市里回家的。是啊,回来很方便,有高速公路。这孩子今天站在这儿,在她自己的家，看着一个城里人在村里晃晃悠悠，他还做出天真无邪的样子问"这水能喝吗？"——当然能喝，难道我们就不喝水吗？

那天我和那姑娘只有这么两句问答，然后我就灰溜溜地走了，我觉得那姑娘一眼就把我和我在那一时刻所代表的一切都看穿了。

还是和领导同志谈话比较自在。过了长沙河，在村子另一头碰上一个中年人，他穿一件洁白的衬衫，皮鞋、西裤，夹着小公文包。他叫张春龙，当过十五年的村干部，后来修公路时又当过包工头，这是村里的体面人，见多识广，最会打发城里那些背着照相机、捏着小本子下乡的家伙。几乎没等我发问，他就口若悬河地向我讲起了西部大开发的伟大意义以及亟待解决的问题：

"当然是水呀，水是最重要的，没有水一切都无从谈起。"

然后他又开始阐述宁夏引黄灌区的发展现状和发展前景，地名、数字如数家珍，听得我叹服不已，觉得他完全可以当水利局局长。

经我一再打岔，话题终于回到了喊叫水：

"喊叫水的问题还是水。今年尤其缺水。你看这涝坝子里，水还不到10厘米，人畜都靠这点水。天又热，羊身上都得披件衣服，要不然就晒死了。"

村边的"涝坝"

"你看这涝坝子里,水还不到 10 厘米,人畜都靠这点水。"

我们身边就是那个"涝坝",实际上就是一个积存雨水的水塘,水面微波荡漾,塘边有几棵柳树。

刚才看他急匆匆走过来,想必是有事,不好意思再耽误他的工夫,便要告辞,张春龙摆摆手:"不要紧,昨天我婶子没了,这不,张罗着办事。"

那天刚到喊叫水的西村,就听到有隐隐的哀乐传来,心里不由一动,想着出事了,便忙着找那声音。正好村头一处宅子,走进去,院里没人,挑开门帘,见这家正放着电视,电视里却是《八仙过海》,一个男子和三四个孩子扭头看我。

男子是兽医,屋里摆着药柜。我问起院里堆着的红砖,是要盖房吗?兽医说是想把土院墙换成砖的。

我有点诧异,刚才在东村,不少宅院人去屋空,院门锁着或者用木条封死,从门缝里看,满院野草,这位兽医却做着长治久安的盘算。

兽医笑笑说:"也不是想走就能走的,村里一千多人,走了的也就一两百人。那边的地现在也贵了,一亩要一千多呢。"

"那边"是政府在黄灌区一带的开发性移民工程,那边有水,政府资助像喊叫水这样绝对缺水地区的农民移民垦殖;有一个词叫"吊庄",把一个村子"吊"起来,放到有水有地的地方。

在喊叫水,有的家庭被"吊"走了,大多数人仍然留在干涸的地面上。

还是有哀乐,时而低回时而昂扬,化悲痛为力量。从兽医家出来,我忍不住接着去找,上了一道坡,迎面走来一个小伙子,那哀乐竟是发自他的口袋里!

小伙子穿一条牛仔裤,衬衫敞着胸,神情桀骜不驯,似乎随时都会大打出手。我不想在这儿和人打架,我已经猜出他的口袋里装着一个录放机,哀乐偶尔会走调。我不明白的是,他竟"酷"到如此程度,放着哀乐满街转悠。

正愣着神呢,小伙子已扬长而去。

后来,我碰上了张春龙,想必那小伙子是他的一个侄子吧。

张家的门前已经贴上了丧联,进了院子,见男人们三三两两地蹲着抽烟,女人们戴着孝帽,进进出出地在厨房忙活。

灵堂设在上房,几个女人正坐在地上哭,见有人来,都不再哭,好奇地看我。我向灵牌鞠躬,想着死者应是停在灵牌后的帐子里。

老太太八十了,在农村应是喜丧,所以人们脸上也并无哀戚之色,几个小孩子满院子跑,倒给这农家的丧事添了热闹。

7月28日,我的喊叫水止于"方神庙"。这是喊叫水的庙,供奉着喊叫水的神灵。一座红砖殿宇,立在高地上,庄严静默。

这庙建于1987年,距今十三年。十三年对喊叫水来说也许很短,对神来说更是弹指一瞬,所以殿内的壁画犹新,似乎是昨天才画完最后一笔。

老庙祝告诉我,这画是从甘肃甘谷请来的一个画匠画的,当时那画匠才十九岁。

那十九岁的孩子是个天才。我不懂画,但我相信如果生在几百年前,他的画会让今天的人们惊叹、赞美。但他不是古人,他该有三十二岁了,他仍然是个默默无闻的画匠,从一个村子走到另一个村子,他为每个地方的农民描绘无限遥远又无限亲切的梦想。

庙堂正中,玉皇大帝两侧挂着一副对联:

瑞霭纷纭圣德光辉照国泰民安
紫气缭绕神恩浩荡泽风调雨顺

——风调雨顺,国泰民安。

同心路上之一、二、三事

同心县在宁夏中部,有"痛心(同心)城、冤枉(预旺)区,山大沟深,风多雨少,三年两头旱,十种九不收"之说。

早晨从县城出发,向东北去,翻过重重荒山,将近中午方到下马关。

那天是7月29日,同行的有司机吴师傅和宁夏的两位作家石舒清、陈继明。

第一件事是"粮食"。在路上,石、陈两位谈起另一位朋友,那人家在同心深山中,据说是比喊叫水还苦的地方。每年收获时节,他的父亲母亲都会把新打的粮食一颗不剩地收藏起来。那么他们吃什么呢?他们吃的是最旧的存粮。

也就是说,现在是2000年,他们吃一九八几年存下的粮食,而2000年的粮食照此下去至少要到二〇一几年才吃。

他们的孩子在省城工作,每次回家都要劝说、乞求甚至发脾气,他希望老人吃新粮,他极力要老人相信他们不会再挨饿,现在不会,将来也不会,他们不必存那么多粮食。

但老人不为所动。孩子回家时他们会用新面做饭,孩子走了,他们还是吃旧粮。

后来,做儿子的每次回家不得不坚持和父母一起吃存了十几年的粮食,他说,让老人心安吧。

第二件事是"发菜"。路边的山坡上,一群女人在扒发菜,她们穿着红的绿的衣裳,在苍黄的山上很是醒目。

我们停车,走过去看,女人们蹲着,手拿一个铁制"小抓抓",在紧贴地皮的干黄的小草间扒拉。我也蹲下去,仔细看,

扒发菜的人们

女人们蹲着,手拿一个铁制"小抓抓",在紧贴地皮的干黄的小草间扒拉。

见草根间果然缠绕着细若发丝的黑线，那就是发菜。

> 发菜：蓝藻门，念珠藻科。藻体细长，黑绿色，呈毛发状。由多数的单个细胞连接成丝状群体，埋没在胶状物质中而形成。我国分布于宁夏、陕西、甘肃一带的流水中。可食用。(《辞海》第490页)

我所用的是1979年版的《辞海》缩印本。我敢肯定它写错了，发菜绝不仅仅长在"流水中"，它能够在干旱的山地和草原、在草茎之间生长。至于说"可食用"，这倒没错，我们庄严的辞书往往还是饮食大全，无论动物还是植物，只要能吃就必定会馋涎欲滴地写上一笔"可食用"。

我也"食用"过发菜，比如"发菜汤"，老实说我觉得没什么味道。但吃发菜主要不是为了"味道"，而是为了"意头"。你只要舌尖一转，就会把"发菜"念成"发财"，谁不想发财啊，那么就喝发菜汤吧。

但是，因为发菜生长在草茎间，必须用"小抓抓"或大铁耙子把它们扒出来，"小抓抓"可能还好些，大铁耙子就会将草连根拔起，这对草原、对植被稀少的荒山构成了致命的伤害。每年采集发菜的季节，成千上万的宁夏农民坐着拖拉机、农用车开赴内蒙古草原，他们的车上有锅碗瓢盆，当然还有大铁耙子。夏天下过雨后，发菜长得更快，一耙子下去就是一串，顺便把松软的草原翻了一遍。所以，牧民们如临大敌，他们把采发菜的人们称为"遭殃军"，广东和东南亚的阔佬们将会"发财"，而草原则会变成荒漠。

后来，我在银川偶然注意到一张包水果的旧报纸，8月1日的《新消息报》，头版头条是《成克杰被一审判处死刑》，右下角有一条报道：

发菜禁售还剩最后3天
百姓闻之喜　商贩心平静

本报讯：……7月4日《宁夏日报》刊登了《宁夏回族自治区人民政府关于禁止采集和销售发菜制止滥挖甘草和麻黄有关问题的公告》，公告要求："已取得营业执照从事发菜经营的单位和个人，必须在本公告下发30日内将发菜自行处理，逾期再继续销售的由工商行政管理部门依法予以没收。"自治区工商局决定8月4日起禁止发菜贸易。……记者从银川商城发菜经营户那里了解到，他们都知道再过两三天发菜就不能卖了，虽然如此，却没有出现抢购发菜的场面。……经营户王月英说："7月4日工商所通知后，就没再进货，剩三四斤发菜了，还是卖不掉。"问及原因，她说，"本地人只拿它送礼，很少有自己吃的。"

记者随意调查了一些正在逛商场的消费者，大多数消费者说吃不吃发菜无所谓，没有专门买过发菜。一老年消费者说："禁了好啊，每个人都有保护环境的义务。不能让个别人满足了'口福'，全国人都陪他吃风沙。"（龚建崇）

——这说的是7月30日的事，7月29日，我在同心道上，看着一群女人静静地采集发菜。

"这样采一天能挣多少钱？"我问。

女人头也不抬，说："一两块。"

今年也许不会有那么多人拥向内蒙古了吧。采发菜的最佳时节是夏季和秋季，但冬天和春天也有人去。草原上冷啊，晚上点起一蓬火，当火熄灭时，火堆下的沙土也就烧热了。然后把滚烫的沙土扒开一个坑，脱光衣服躺进去，再赶紧用沙土掩上，只露一个头，漫长寒冷的黑夜就这样度过。第二天早晨，当太阳升起，也许有人再也醒不过来了，他自己安葬了自己。

第三件事是"甘草"。据上引宁夏回族自治区政府的《公告》，发菜是"禁止采集和销售"，而甘草是"制止滥挖"——不是不可以挖，而是不可以"滥挖"。

挖甘草的工具是一种特制的扁锹，锹柄较短，锹面较窄，锹刃雪亮，便于深挖。甘草是多年生草本植物，生长于干旱的山地和草原，它的根必须扎得深、走得远，才能吸收和保持水分。夏天，甘草开花了，紫色的花如蝴蝶，这时提着小扁锹的人们也来了，他们将挖地三尺，寻找甘草的根茎。

在一个叫马家渠的村庄附近，很多人正在挖甘草。他们跪在地上，挥动扁锹，嚓嚓几下就是一个深坑，然后用锋利的锹刃把找到的甘草根切断，取出来放一边，转身换个地方又是嚓嚓几下子。他们的动作都那么流畅、轻快，女孩子鲜艳的花衣甚至不会沾上尘土，她们戴着白口罩，黑色的眼睛在口罩上羞怯地闪动。

和几个小伙子抽烟聊天，我想知道除了挖甘草他们还干点什么，比如种地，比如外出打工。关于种地，他们说今年大旱，收成早没了指望。关于打工，他们告诉我，打工不容易："吃了饭没饭钱，干了活没活钱。"我觉得有道理，那么就只好挖甘草了，甘草一公斤卖两到三块钱，挖一天，也许能挣十块八块。

但政府不是不让"滥挖"了吗？

一个小伙子笑了，天旱，没收成，不让挖，人吃什么？

但甘草是挖不尽的吗？

众人沉默，其中一个忽然说，我们看着呢，不让外乡人来挖。

甘草是野生植物，择地而生，此地恰好就长甘草，这使这一带的男人可以不出家门就把日子过下去，所以他们要保卫自己的资源。我后来听说，为甘草而起的纠纷时有发生，前一阵子还闹出了人命，一个外乡人死了。

挖甘草的女孩子

女孩子鲜艳的花衣甚至不会沾上尘土,她们戴着白口罩,黑色的眼睛在口罩上羞怯地闪动。

甘草可入药，性平、味甘，缓中补虚、泻火解毒，可治脾胃虚弱、肺虚咳嗽、咽痛、痈疽肿毒、小儿胎毒。其实这里边哪种病单靠甘草也治不好，它最主要的功能还是调和诸药。中医开方子，照例会有一味甘草，没有它行不行？其实也未尝不可，但有了它，一服药中各种冲突的药性就化为一团和气。因此，在二十世纪五六十年代，"甘草"成为一时流行的政治隐喻，而且一喻多边，既是指折中、调和的政治智慧，也可以是无原则、和稀泥、缺乏斗争精神等等。

显然决策者们考虑到了甘草的广泛用途，把它和发菜区别对待，发菜不吃也罢，甘草一时还离不了，那么就"制止滥挖"。7月29日，我在同心道上看到的挖甘草不知是否属于"滥挖"，我觉得那些小伙子对抠这种字眼没有丝毫兴趣，对他们来说，这不是一个"缓中补虚、泻火解毒"的问题，而是吃饭穿衣的问题。

那么就只好挖了。当甘草的根被切断、挖出时，那片土地的血脉也就被切断了，土会流失，水分会流失，土地会死。

下马关

朋友说，去"寡妇村"看看吧。

然后，在7月29日，我们来到了"寡妇村"。这个地方叫下马关，是同心县的一个镇，历史上曾是预旺县城。在我上面引用的那段顺口溜中,"预旺"被说成"冤枉",现在我觉得也许它还可以被写成"欲望"。

那时是上午十一点左右,车在公路边停下,街上空寂无人。阳光猛烈,房屋和院墙的影子都收敛着,很短。下了车,迎面就是一条大字标语:

禁绝毒品,人人有责

司机吴师傅留在车上,我和舒清、继明面面相觑,一时不知从哪儿开始。街对面就是一排宅院,在农村应是豪宅,一幢幢高大的平顶砖房、森严的铁门。

太安静了。这个村庄似乎严阵以待。我们三人是外人,是陌生人,我们都感觉到一种危险的敌意。

"太热了。"我说,没话找话。

"对,今天真热。"舒清附和。

"买瓶矿泉水去吧。"继明替我们做了决定。

走进一个小卖部。老板是个瘦高的中年男子,他微笑着招呼我们,一双眼上下打量。

我觉得他的眼神别有深意。柜台里还站着一个小男孩,那孩子的眼睛大得惊人,我弯下腰,从孩子的眼睛里能看见我自己。

喝着矿泉水,和老板搭讪,天气热、孩子真漂亮、我们从县

寂静的村庄

阳光猛烈,房屋和院墙的影子都收敛着,很短。

上来、来的路不好走等等。老板随和健谈，聊着聊着，我就觉得此人慈眉善目，把心一提，问道："咱们这儿吸毒的人挺多吧？"

老板沉吟，气氛紧张起来，我随时准备撒腿狂奔。

老板笑了："多！吸毒的多得很！"

下马关吸毒贩毒之猖獗大概始于1990年。"开亚运会那年。"小卖部老板说。开始是贩毒，渐渐地吸毒的也多了："过去是街上多，后来乡下也有。""没钱的才吸上，背大烟的不吸。"谁的生意做得好，有钱，毒贩子就会盯上，吃吃喝喝间就"骗着人把毒吸上"，最后自然是倾家荡产。

"背大烟的"是此地对毒贩子的称呼，由此我们可以探测到这件事的历史深度。宁夏在十九世纪末二十世纪初曾是中国主要的鸦片产区之一，也是西北鸦片输往沿海地区的中转地带，那时就有了"背大烟"的说法，人们因此而发横财、遭横死。

多少年后，又有了"背大烟的"，不过现在的流通方向不同，毒品通常从广州等地贩来。

所以，下马关又被称为"广州村"。

从小卖部出来，我们的紧张心情稍有缓解。这里的人不是青面獠牙，似乎也并不忌讳"毒品"这个话题。我们站在阳光下，看着那一溜铁门，又互相看看，不知谁说了声："去吧，试试看。"

我一直在犹豫是否把那天敲开一扇铁门后的见闻写出来，

现在我决定不写。那一家有宽敞的宅院、华丽的陈设和凶猛的大狗，我那天看见的果然只有几个女人，没有男人，后来我也知道那一家确实有人正在坐牢。但我还是决定，不写她们，因为她们是慈祥的祖母、温良的母亲、纯真的姑娘，她们对不期而至的陌生人表现得亲切、热情，她们的态度并无戒备。我的确没有和她们谈到毒品，也没有谈到她们家的男人，那是因为我不好意思谈到这些，我认为这是这个家庭的隐私。我和她们照了相，她们写下了地址希望我把照片寄去，我没有寄照片，但我至少可以不在这儿议论她们。

然后，我们就向村子深处走去，这时我们仍然是谨慎小心的，但我已不再把这个村子想象成外国警匪片里的地方，不再认为会有枪口瞄准着我。

又敲开一扇门，这次我们选择了一扇老旧的木门，我们三人一致认为，还是别去敲那些铁门了，我们也许可以从侧面、从可能的局外人那里了解到一些情况。

我们的运气不错，院子里立着一位老者，白须飘拂，气度不凡，他是退休干部，二十世纪六十年代当过公社书记。

老书记端坐在大炕上，开始做报告，我们在下边洗耳恭听。

原来，这个"寡妇村""广州村"是下马关镇附近的一个村，叫西沟村。此地土地贫瘠干旱，"一年吃三年"，也就是说，如果今年有收成，那么明年和后年就别再指望了。

谈到贩毒吸毒，老人痛心疾首。判刑的不算，光枪毙的下马关就有四十多人，但还是干，为什么不呢？"跑一趟广州，一人一个摩托，新房盖起来，媳妇子也领回来了。"

钱也是毒啊，让人上瘾啊！老人说，大的抓起来，小的又去，哥哥抓起来，弟弟又去，忍不住啊，有的家里是真的没男人了，不是死了就在狱里。

——这大概就是"寡妇村"的来历了。

这里是欲望的废墟，人们在废墟上艰难地生活。家庭、村社，这些基本的社会组织即使尚未崩溃也已摇摇欲坠。老书记所举的例子每一个都令人毛骨悚然：爹贩毒，被枪毙了，两个儿子都抽，小儿子被娘打死了，大儿子因为吸毒贩毒判了刑，刚出来，老婆也跑了。

老人长叹一声："现在呀，不可思议。"

在老人指点下，我们去寻找秦家。这个家庭是又一个例证，它让我想起福克纳的小说，那里面荒凉的美国南方，那些绝对孤独的生命。

——当然，我在心里暗自这么想，没有跟舒清和继明说起，因为这么想着时，我就有一种隐隐的罪感，我意识到在他人的苦难面前我正在引经据典，他们就在我的眼前，我应该直视他们，而不是去想什么福克纳。

秦家在村尾，在同一个村子里，这户人家生活在另一个世界。7月29日上午,天无限地蓝,我们站在土崖上,看着脚下这幢土坯房,它有一个门,两个窗,一个女孩子正在院里晾衣裳,她抬头看我们,用手遮住阳光。

退休的老书记说,秦家两口子,男的瞎,女的傻,那瞎子又抽又卖,小包儿地零售毒品,从毒贩子那儿五块钱一包批来,十块钱卖,后来也抓进去过。两个闺女可怜,大的两三千块钱就嫁出去了……

你多大了?

十七岁。

家里的地都是你一个人种吗?

是。

做饭呢,也是你?

小的时候奶奶做,奶奶没了,我做。

这扁锹是挖甘草的吗?

是。

挖一天挣多少钱?

有时候两三块,有时候五六块。

有没有找不着甘草的时候?

找着了是运气,找不着是白受苦。

你爸爸呢?

出去了。

你爸爸的眼睛怎么样了?

以前还好,这两三年不行了。

找婆家了吗?

不找。不嫁人。

那个女孩是秦义美,秦家的小闺女。她背靠着窗口,垂着眉眼,慢慢地说话,没有表情。

这个家里外两间,破旧但还干净。她的姐姐那天正好带着孩子回娘家,陪着妈妈坐在里间的炕上,孩子满炕爬,姥姥慈爱地看着外孙子,那种目光和常人并无两样。我们坐在外间的炕上,身后挂着一面镜子,上面用红漆写着"秦义兰花烛之喜",那是姐姐出嫁时的礼物。姐姐今年十九岁,孩子九个月了。墙上还贴着两张画,一张是刘德华,他老人家目光深沉;另一张是"小燕子"赵薇。

——那天,在"小燕子"的烂漫笑脸下,秦义美说:"不嫁人。"

后来,我们就走了,是啊,我们也只好走,还能怎么样呢?在院子里,我们看见两孔坍塌的窑,那位把我们领来的小伙子说,前两年秦家就住在窑洞里,后来下雨,要塌了,亲戚和乡邻们帮忙盖了这么两间房。

小伙子穿一件背心,裸露的手臂上刺着青,戴着两三个粗大的金戒指，这使我们对他心存戒备；但小伙子很热心，我们在村街上向他问路，他一直把我们领到秦家。秦义美管他叫"哥"，我想这不过是乡邻间的一般称呼。他有一种见过世面的老练气派，据他说他在灵武一间汽车修理厂工作。

从秦家出来，重新走进村子，小伙子指着一处砖瓦大院说，那是秦义美的二伯家，按这儿的叫法是"二大爹"。在那个家里，父亲因贩毒判了无期，三个儿子中，只有老大安分守己地过农家的日子，老二和老三都吸毒，没钱就去抢，老二因抢劫判了三年，期满后放出来，没多久又进去，又判三年；老三也坐过三年牢，不过老三的媳妇厉害，小伙子比画着说：

"那媳妇比他大，举着铁锹满院子追着打，照腿上就是一下子，差点劈了他。就这么着才算把大烟戒了。"

这时，紧闭的铁门开了，一个年轻的女人走出来，小伙子悄声说，那是老二媳妇。

在那个深宅大院里，现在只有她和她的婆婆两个女人。

那么，下马关之行应该结束了。那天中午，我们在村子中靠公路边儿的一家小饭馆吃了饭，然后启程，经过韦州，穿越毛乌素沙漠到吴忠，再从那儿回到银川。

但我还是说说吃饭时发生的事吧。那天的午饭拖得时间较长，我们都累了，又要了几瓶啤酒。吃到差不多一半时，我起身出去，我告诉舒清他们我要去上厕所。

街上仍然无人,阳光依然酷烈,我紧走几步,忍不住小跑起来,跑了没几步又停住,因为对面一家店铺里一个人正看着我。我觉得我像个贼,而且是个胆怯的贼,我在犹豫,我知道时间正在流逝,我如果上厕所的话那么现在应该回到饭桌上了,再犹豫下去我就会把自己搞得非常可疑,但我就是下不了决心。

忽然,有人在身后大喊:"敬泽!"我回头,见舒清正在饭馆门口向我招手。"厕所在那边儿!"他指道。

我含糊地答应了一声,看着舒清转身进了饭馆。然后,我终于下了决心,发足狂奔。我越过公路,穿过村子,路上有两三个人困惑地看着我,我跑下那座土崖,跑到那间土房门前,呼哧呼哧喘着粗气,向秦义美的姐姐问道:

"秦义美,在吗?"

她愣愣地看着我,抬手一指:

"她在河边。"

我接着跑,跑向屋后的河川,我看见秦义美正蹲在溪流边洗衣裳,我停下,忽然有一种冲动,想扭头回去,但我还是叫了一声:"秦义美!"

秦义美抬起头,一脸错愕。

我跑过去,把早就攥在手里的几张钱塞在她手里,我不记得我的话是怎么说的了,但我肯定说过让她自己收好,不要给她爸爸。我也不知道秦义美说了什么,因为我根本就没有看她,我像逃一样转身就跑。

我跑到公路上,我看见舒清他们站在饭馆门口,他们的目光充满疑问。

关于那天中午的事,我一直企图澄清我当时的想法,我为什么那么慌乱,那么怕人知道,我害怕舒清他们知道,我甚至不敢面对秦义美的眼睛,我感到虚弱,我强烈地想做点什么但我又觉得我所做的事令我无地自容。

是的,秦义美是不幸的,我觉得这个十七岁的孩子面对着的是绝对的绝望,她只能这样。是的,"同情""怜悯",这些我都有,在那个中午我的心被同情和怜悯攥住了。但是,我害怕把钱递给秦义美的那一刻,我害怕在那一刻直视她的眼睛,我害怕在她的眼里看到谢意,我害怕成为一个施舍者,那是羞耻的、卑劣的。

百灵地
2000 年 8 月 28 日

在我们行军的第一天夜晚,我们宿营在达尔罕贝勒王的草原边境上。汉人称此地区为百灵地,百灵之乡。这个名字描绘得相当的名副其实。每到一处,百灵鸟从我们面前飞起,直上云霄,倾吐着迷人的声调。百灵鸟是草原上的歌鸟,它那令人愉快而固定的歌声和那漫无边际的孤寂同样是意味深长的。我们每一次蒙古之行都碰上百灵鸟,而百灵鸟的声音就是那冷酷无情的黑戈壁沙漠的死一般沉寂笼罩我们之前能够听到的最后音乐。

——这是亨宁·哈士纶《蒙古的人和神》中的一段话。1927 年,这位当时在大同经商的丹麦人加入著名的中瑞西北科学考察团,追随斯文·赫定完成了横跨中亚腹地的传奇旅程。后来,他写了这本书。

这是我喜爱的书,就像我热爱斯文·赫定的《丝绸之路》

《游移的湖》《亚洲腹地探险八年》,我甚至喜欢它的中文译本那种劲硬的、华丽盘曲的长句。我反复读它,在去内蒙古之前,我重读了这本书的第三章到第七章,哈士纶和几个同伴从考察团最初的营地——包头西北草原上的8号营地出发,前往百灵庙观看和拍摄"麦德尔节"。"麦德尔"应为"迈达里",那是每年阴历六月十五日到六月十七日三天连续举行的经会和法会。

哈士纶的书指引着我。8月27日,一到包头,我就对朋友说,我要去百灵庙。

"百灵庙?"朋友神色困惑,好像在费劲地想那名叫百灵庙的地方,然后点点头说,"好吧,去吧。"

8月28日上午的大部分时间在路上,翻越大青山、阴山,穿过乌兰察布草原。终于,车子转过一座山丘,我将要看到百灵庙——

> 在我们走上山脊的同一时刻,它出现在我们眼前的大地上,它以其白色的外貌而显得光辉灿烂,它那醒目的弯曲屋顶和金色的尖塔在阳光中闪烁发光。我们听见了报时的钟声和回旋低沉的隆隆声,好似定音鼓一般。
>
> 神圣的庙城正期待着我们的到来。(《蒙古的人和神》,第26页)

今日百灵庙

但2000年的百灵庙所在地看上去是个普通的北方县城，没有什么事物"光辉灿烂"。现在，我极力回忆那天我看到了什么，我只记得街道两边挤满摊贩，街上飘着烤肉的蓝烟，一个喧闹、世俗的中午，天上有大团的白云。

我们找到民族事务委员会，民委的主任是爽快的蒙古族汉子，他骑着摩托引路，我们开着车跟着，穿街过巷，来到一静处。下了车，主任说，这就到了。

广福寺

我看着山门上的匾额，在一瞬间，我觉得我是走错了地方。当然，我知道百灵庙的正式名称就是"广福寺"，但是，雄伟、广阔的殿堂呢？还有耸立的高墙、迷宫般的小巷、从山脊上如金色的荷叶层层垂挂下来的屋顶，还有成群的穿着红袍的喇嘛、无数目光沉静炽热的信徒，这一切在哪儿呢？

"草原上用魔法修起来的仙宫"此时被两扇大门封闭着。门锁着，主任去找掌钥匙的喇嘛。

广福寺简介

一、广福寺立于清朝皇帝康熙四十二年癸未年公元一七〇三年，命名为"广福寺"，以蒙文、满文、汉文、藏文为四种文字开光悬额挂匾。

二、继续建成广福寺的五大仓正殿："朝克沁都根"立于清朝康熙四十二年癸未年公元一七〇三年。确理仓立于清朝乾隆戊午三年，公元一七三八年。吉德卜仓立于清朝乾隆辛酉六年公元一七四一年。满卜仓立于清朝同治甲子三年公元一八六四年。东克不仓立于清朝同治壬申十一年公元一八七二年。广福寺中外流芳。

三、清朝雍正癸卯初年公元一七二三年时期，达尔罕旗的执政官衔是"贝勒扎萨克"，从此后人称呼广福寺为贝勒庙。民国癸酉二十二年公元一九三三年蒙汉语音演变，而"贝勒庙"转音为"百灵庙"，至今称呼百灵庙。

四、公元一九八一年，内蒙古党委五十六号文件规定，定百灵庙为内蒙古自治区乌兰察布草原重点保护庙之一。转音称呼的百灵庙已有二百七十九年的历史。

达尔罕茂明安联合旗百灵庙喇嘛委员会
公元一九八二年十一月九日

——这是贴在偏殿墙上的一份"简介"，一位喇嘛写于十八年前。我发现这段文字中有一个反复出现、反复咏唱的主题，那就是"时间"。一个一个的年份被不厌其烦地确切地书写，从"康熙四十二年癸未年公元一七〇三年"到"公元一九八二年"，清朝诸帝的年号、民国纪年、阴历纪年和公元纪年，这位喇嘛对时间符号执念甚深，似乎广福寺或百灵庙是以时间为材料建成的，二百七十九年就是二百七十九间殿堂。

对有些事这位喇嘛保持沉默：百灵庙曾三次毁而重建，第三次是"文化大革命"，除"朝克沁都根"因被军队占为仓库而幸免外，其他四大仓均夷为平地。现今所存的百灵庙正是"朝克沁都根"，公元1981年开始修复，公元1989年10月竣工开光。

但在这喇嘛笔下，似乎四大仓依然矗立，似乎逝去的时间仍在眼前。

关于百灵庙，我其实没有什么可说。它也许曾是用魔法修起来的仙宫，但现在魔法似乎已经祛除。在8月28日的中午，这是个寻常的寺庙，没有香客，一个老喇嘛提着一串钥匙为我们打开一扇扇殿门，门无声地开。

在正殿的角落，有两口大锅。百灵庙1927年时大概有一千多名喇嘛，这是他们煮饭的锅。

仰望佛，我觉得这尊佛像是被精心而笨拙地塑造出来的——这也好，百灵庙的佛如在乡间小庙。

喇嘛告诉我，塑佛像时先做好泥模，像内放置经卷和柏叶，然后糊麻纸，共三十七层，最后鎏金。他说，庙里没钱，这尊佛是一个老喇嘛自己塑的，老喇嘛名叫土布登扎木苏，七十三岁,从小在塔尔寺出家。

那天中午,当然要喝酒,在高亢的歌声中一碗一碗地喝:

> 头一道圪梁梁二道弯,
> 三一道圪梁梁双骑着马,
> 骑马莫要骑带驹驹马,
> 马驹驹叫唤就人想家。

——这不是蒙古族的歌,蒙古族的歌也唱了,但我听不懂。

就是在饭桌上,他们谈起了额仁钦达赖。他们说,可惜你见不到额仁钦达赖,那是了不起的女人,你知道嘎达梅林的女人牡丹吗?她比牡丹还厉害。想当年她反出百灵庙,日本人杀了她丈夫她为丈夫报了仇投奔傅作义一直当到少将参议她那年二十八岁她真美……

我问,她还在吗?

他们说,她不在这里,她老了,八十多岁了,她住进了包头的一间养老院。

那天,我还问,现在,还有人走很远的路来朝圣吗?

他们互相看看,说,没有。……很少了吧。

然后,我们就走了,我说:"塔拉喝酒满了!"那是蒙语里的"谢谢"。

重新穿过乌兰察布草原。蓝蓝的天上白云飘,但白云的下面我没有看到一群羊、一匹马、一只百灵。草原似乎是干枯的,有时能看到一片片成熟的莜麦。
那么,在这"百灵地",百灵在哪儿?

> 喜欢鸟儿歌唱的汉人,特别珍爱蒙古的百灵鸟。……在初夏,当幼鸟长大到能照顾自己,但还不能飞的时候,数以百计的汉人捕鸟者来到百灵鸟之乡。所有捕获的,刚会飞的幼鸟都要喂养起来,一直长到能区别决定其性别时为止,然后就把雌鸟放了。只要雄鸟一开始鸣唱,对它们就要按其歌手的才能分类,因为即使是来自百灵之乡,也并非所有的都必然是极好的歌手。但是普通的声音,如果被有经验的名手所饲养的话,有时也是可以调教的。而且这也是值得的。几分钱就可以买双没有经过检验的百灵鸟,而最有天赋的鸟则可卖得比一匹马的价格还高。(《蒙古的人和神》,21页)

今天的乌兰察布依然是百灵地。据说秋天和冬天仍有大群的百灵鸟在草原上飞翔。那时捕鸟者就来了，他们举着铁丝编成的兜子追逐着鸟。他们太笨了，"聪明"的捕鸟者索性就在草原上撒药，于是鸟被成群地毒死。

死去的鸟不会歌唱，用兜子扣住的鸟也不必歌唱，它们被开膛，拔毛，洗干净，滚上油、盐，在火上烤，这是一道菜，叫"烤百灵子"。

据说，"烤百灵子"并不好吃。一位当地的朋友困惑地说："有什么吃头啊，干巴巴的，没有一两肉。要不你也去尝尝？"

我连忙表示并无兴趣。不过对于他的困惑，我倒有一点心得。我说，事情是这样的，我们吃既不是由于饥饿也不是为了好吃，吃的目的就是吃；我们决心吃掉世上的一切，只要它能吃，我们就把它嚼烂、吃下去，然后再排泄出来，我们从中感到无穷的乐趣。只要天上还有生灵、地上还有草木，什么也不能阻止我们为吃而吃、把世界变成屎的"宏伟事业"。

草原上的景物是单调的，一望无际的空空荡荡，车开了很久才会看到一个村庄。那天下午，我昏昏欲睡，我茫然地看着窗外，我知道这曾是伟大的草原，当年这里轰鸣的马蹄声会一直越过黄河，传到长安、汴梁、杭州和北京，震动着古老中国的宫阙和皇冠，但我想我快睡着了。

车子驶过村庄，继续开，但是，我忽然睁大眼，我喊：

"停下,你们看!"

前边田地中有一座孤零零的砖房,房顶上居然耸立着一个十字架。

那座房子里供奉着圣母,两边一副对联:

至贞至洁天主母
可奇可爱世人亲

站在这儿向村里望去,隐隐地竟有一幢西式楼房。

这是个有趣的村子。在一片土坯或砖瓦的农舍间立着一幢天主教堂;村口有一座电话亭,是真正的电话亭,红色的铁皮屋顶,绿色的塑料墙板,银白色的铝合金玻璃窗。在相机的镜头里看,它鲜明强烈地从土黄色的背景上跳起。一只黑猪正从远处走来,一只黄母鸡正在觅食,一个穿着红毛衣黑马甲的姑娘坐在电话亭前的垫子上。

我觉得这个电话亭好像是从什么地方飞过来的,它偶然地落在这个村庄。

我打了一个电话,我告诉北京的朋友:"我现在正在内蒙古自治区达尔罕茂明安联合旗西河乡哈教村。"

朋友茫然:"那是哪儿啊?你怎么跑那儿去了?我昨天还

哈教村的电话亭

它鲜明强烈地从土黄色的背景上跳起。一只黑猪正从远处走来,一只黄母鸡正在觅食,一个穿着红毛衣黑马甲的姑娘坐在电话亭前的垫子上。

找你呢,今天晚上要去'大江南'吃饭。"

说了几句为什么吃饭以及谁来北京了谁又走了北京天气很好内蒙古天气也不错等等,我放下电话,计费器嗒嗒轻响打出一个小纸条,电话费一块钱。

这里的电话收费可比北京街上的电话亭便宜。

后来,我在几份资料上发现了那座教堂的来历:1893年秋,土默特右旗二十四顷地教堂的本堂神甫,比利时人兰广积向郭贤寿购买几千亩草地,1902年建立教堂,极盛时期的大经堂长十三丈,宽二丈四。

那几千亩草地是郭贤寿1890年前后从当时的达尔罕旗王爷手中买下的,比利时人后来把它租给流民开荒耕种,天主堂第一年收取收获的十分之一,第二年、第三年递增到十分之二、十分之三。于是,从山东、山西、河北、陕西逃荒的农民在这里定居下来,形成了哈教村。

在更广阔的背景上,哈教村的出现并非偶然,那是内蒙古后套地区曾经发生的巨大人文和地理变化的一个细节。在同一时期,仅达茂旗就出现了公忽洞、二海畔、杜银圪卜、郭家村、巨宝庄等村落,"走西口"的人们来了,草场开垦为农田,这里的居民渐渐由牧人变成农夫。

历史上标记这一事件的年份是光绪二十八年,公元1902年,在这一年,清廷正式在归化(今呼和浩特)设立垦务局,鼓励各旗蒙古王公出卖草场，召集内地流民垦荒。

但实际上这一进程久已开始，早在十九世纪中期，两位法国传教士在穿越内蒙古时就注意到农民们正在坚韧地向草原挺进（见《鞑靼西藏旅行记》）。

现在，在2000年，昔日水草丰美的艾不盖河沿岸已是平田广畴。

8月28日结束了。但它实际上结束于8月29日的早晨。那天早晨，我们终于找到了额仁钦达赖所住的那间养老院。我想见见她，哪怕不说话，哪怕只看一眼。

但那个穿着军服的人断然拒绝，他坐在写字台后，用一种看着部下的眼光看着我，他说："谁想见就能见吗？我们要对老人负责，没有家属的同意一概不能见，这是我们的规定。"然后，他指指墙上，那儿贴着"规定"，十七八条中果然有这一条。

我没话说了，我想各种各样的"规定"大概就是专为我这样的人而设，因为只要人家一端出"规定"我马上就会老实，我是个守法良民。

灰溜溜地出来，走在宽阔的院子里，这的确是个养老的地方，绿草如茵，十几幢别墅式的小楼。似乎这里和军队有什么关系，路上走过的年轻服务员们也穿着军服。

也好，为什么非要见呢？

百灵庙所在的达尔罕茂明安联合旗原是达尔罕和茂明安两位蒙古王公的属地。茂明安王爷属于伟大的蒙古"黄金家族",其先祖是成吉思汗的弟弟哈布图哈萨尔。1940年夏,两个日本人来到茂明安,对全旗进行了细致的考察。他们是两位学者,一位叫春日行雄,一位叫濑川静。我认为他们也是两个特务,因为他们绘制的三十多幅地图后来全部交给了日军。作为学者和作为特务,他们都太认真了,在春日氏保存的一幅《内蒙古乌兰察布盟茂明安旗踏破图》("踏破"日语意为"走遍")中,他几乎记录了茂明安土地上的一切:河流、水井、敖包、道路、喇嘛、庙宇、男人、女人、牲畜、房屋、村落……

在春日和濑川的记述中,茂明安的王爷齐木德仁庆好日劳有夫人二人、儿子一人,雇有牧工三人。王爷家的牲畜约有五十匹马、二百五十头牛、两峰骆驼、一千只羊——我觉得并不像想象的那样豪富。比较特别的是他还有一辆福特牌小汽车。

那么,春日和濑川肯定是见过额仁钦达赖的,她是王爷的福晋,以她活跃的天性,她没准会在草原上驾驶那辆小汽车。

1942年,齐木德仁庆好日劳因蒙奸出卖被驻百灵庙的日军特务机关扣押杀害。

于是,我就看到了额仁钦达赖。在1942年的那个夜晚,她灿烂明亮如天上的月亮,她穿着宝蓝色的长袍,她的靴筒里插着小巧的手枪,几十个蒙古族汉子追随着她,她亲眼看着那个出卖她的丈夫、她的王爷的奸贼像狗一样在她脚下翻滚、死去,然后,他们向西,骏马如风,逃脱日军的追捕,奔向中国人的军队。

那时,大群的百灵鸟在飞翔和歌唱——

额仁钦达赖。

瓷盅下的榆林
2000年8月30日—2000年8月31日

关于榆林,我们知道些什么?

一天,和几个朋友吃饭时,说起我要去榆林,一个家伙举起酒杯说,请向榆林人民转达首都人民的敬意!

没人陪他举杯。我感冒了,不能喝,其他人不知道榆林在哪儿。那厮放下酒杯,叹道,你们哪你们哪你们这些人,你们知道纽约巴黎的事儿却不知道榆林。这么说吧,榆林和你们每个人每天都有关系,你们天天点火做饭,那天然气哪儿来的?榆林!

一个西安朋友深情地谈起榆林:

榆林的毛毯特别好。我们那会儿结婚的时候,谁要送你一条榆林毛毯那就是最铁的交情,就好比现在人家送你一辆汽车。那毯子,暖和,压在身上沉甸甸的,不像现在的毯子,盖着轻飘飘的，跟没盖似的；不过就是容易长虫儿。

一个内蒙古的老人对榆林无限向往——

那时候，有两句歌儿："只要打下了榆林城，一人一个女学生。"

听说我刚从榆林回来，一个朋友在电话里惊诧："咦，榆林，还没让风沙给埋了呀？"

前两天，老崔也从榆林回来，他把我们召集到一块儿，正襟危坐，深沉地说，这次我去榆林，收获很大。有一种掷色子赌酒的办法，叫"吹牛"，也叫"领导讲话"，今天我们大家就来学习一下。

——天然气、毛毯、女学生、风沙、"领导讲话"，我觉得加到一起其实就差不太多了，对一个外乡人来说，这些因素构成了榆林历史和生活的基本要点。

我亦"外乡人"，我去过榆林。2000年8月30日，乘长途汽车从包头出发，看着窗外的草原和沙漠，听后座上一风尘女子和几个男人掐作一团的淫声浪语，晃晃悠悠一上午，终于到了榆林。

然后，就是"领导讲话"、风沙、女学生、毛毯和天然气。

先说"领导讲话"。方法很简单,就是摇完色子以后,眼睛直视对手,千万不可目光闪缩,然后胸有成竹、真理在握地报出点数,如果对手被你吓住了,不敢揭盅,那就再摇再报。你报的点数越来越高,亩产万斤了,对手终于沉不住气,要求揭盅,那么好吧,揭开看看,也没准你的点比报的还高,那他就得喝酒,反过来,当然是你喝。

后来,一位西安朋友来信说,最近见到的榆林人都说李某人在榆林"吹牛"失利,喝得大醉。我在电话里告诉他这是榆林的同志们在接着"吹牛",实际情况是那天我倒没怎么喝,我的对手们都喝高了。

朋友在电话那头坏笑,我怎么知道你是不是也在"吹牛"呢?

于是,我盯着对方的眼睛,猜着瓷盅下的点数,我觉得榆林也被扣在那个瓷盅下面,我得走过去,揭开看看。

比如,他们说,榆林有"小北京"之称。这等于手里扣着榆林,然后报出了"北京"。当然,是"小北京",但"小北京"毕竟也是"北京"啊。于是,我就在榆林寻找"北京"。

寻找的结果是这样的:从"小"的尺度上看,榆林人并未"吹牛"。我有时会感到回到了北京——并不是那个越来越大、有林立的玻璃高楼的北京,而是想象中、记忆中的北京,正被热火朝天地拆除、正在理直气壮地消失的北京。

现有的榆林城源于十四世纪，明代洪武初年，当时名为榆林庄，只是一个屯所。到明正统十四年（公元1449年）才开始修建堡城。此后榆林的军事战略地位逐渐重要，榆林庄升为榆林卫，再升而为榆林镇，成为防御北方蒙古威胁的前沿要塞，榆林城也相应经过三次大规模扩建，所谓"三拓榆阳"。

所以榆林不是一个自然形成的城市，它是地缘战略的深思熟虑的结果。将军们把马鞭指向这里，说，要有城。于是就有了城。鉴于在中国的帝国时代，所有规划建起的城都是对京城的模仿，那么榆林当然有理由被称为"小北京"。实际上，即使在1949年以后，中国的那些省会城市也还在努力成为"小北京"，差不多都有小一号的长安大道、小一号的人民大会堂，在银川，我还看到小一号的天安门。

站在榆林城东的驼山上看去，旧城的轮廓依然清晰，城墙仍在，断续依稀；城区如棋盘，似乎是有人用铅笔和尺子在这片地上打下了格子。明代时，利玛窦等传教士就曾惊叹中国城市的这种规整，他们由此得出结论说，中国人是个热爱几何的民族。

我不热爱几何，上学时我的几何总不及格，所以我喜欢像上海那样迷宫般一团乱麻的城市。我所喜欢的北京也恰恰是南城那些幽深转折的小巷，它们像是自然生长出来的，没什么规矩，但合于人性。

榆林的城墙和街市

将军们把马鞭指向这里,说,要有城。于是就有了城。

磁店巷

在这个城市笔直的中轴线之外,它们隐秘地延伸。

在榆林，我穿行在纵横交错的小巷中：普惠泉巷、豆腐巷、沙锅巷、磁店巷、吕二师巷、李学士巷、大有当巷……在这个城市笔直的中轴线之外，它们隐秘地延伸。

在吕二师巷，一处朱漆宅门上赫然悬一块大匾：

户部尚书协办大学士癸卯五月丁酉徐元梦奉旨颁
榜眼及第
　　　　　清雍正岁次甲辰科中式进士第二名吕杰立

进了门，回头又有一匾：

户部尚书兼都察院右副都御史巡抚陕西等处地方赞理军务兼理粮饷觉罗巴
武魁
　　　　　清乾隆岁次乙酉科中式第四十三名武举吕调

——在2000年的8月31日，我随便走进一条小巷，我发现这里住着一位榜眼、一位武举，他们穿着补服，拖着花翎和辫子，我们揖让一番，进了厅堂，分宾主落座，上茶，寒暄。

但没有人。午后斜阳在对着大门的影壁上分出阴影，左侧院门半掩；大门内檐下立着一道石碑，碑额上刻着"丰碑"二字，碑文如下：

吕氏家族简史碑

  吕二师巷吕氏家族原籍山西洪洞县，明末奉旨迁榆驻守边陲。先祖辈于明清两代中进士、武魁者数人，吕氏家族功显德著，名垂史册。后吕氏家族三百余载，承祖上遗训，家风淳朴，勤奋向上，代代相传，光耀门楣。

  康熙卅六年（一六九七年）三月，康熙西征经榆，特撰楹联以褒上祖捍卫社稷之功。联曰："明至清十三代家无白丁，文共武祖生孙世受皇恩。"清雍正二年，先祖吕杰中武榜眼，封直隶参将，除宣化总兵，故我家宅大门方为三间开口，大门两侧各立旗杆两根，器宇轩昂，雄阔威严。后因时代变迁，年久失修，椽损瓦碎，风光殆失。

  新中国成立以来，吕氏家族人才辈出，满门生辉。为弘扬我祖家风，激励与启迪后世，于公元一九九五年古历八月十八日破土动工，修葺大门、影壁。特立此碑，以资纪念。

公元一九九五年古历十一月二十四日

  ——三百多年了，这个家族还在这儿，在这条以家族姓氏命名的巷子里。

吕家的宅院是标准的北京四合院，像旧日的北京家居一样，天井里有大盆的鲜花。那天下午，我走进了一个又一个四合院，整齐的、杂乱的、完好的、残破的，我甚至觉得屋门一响，走出来的人张口就会是行云流水的京片子。

后来我在陕北再没有看到四合院。陕北的建筑语言是由窑洞演化出来的，无论豪宅巨室还是蓬门陋舍，原型都是窑洞。只有榆林有另一种语言，模仿着遥远的京城。

榆林在本质上是个移民城市，正如吕家来自山西洪洞，自明代以后，来自全国各地的戍卒和边将在此定居，它是武士的城。

8月31日，站在镇北台上，遥望北方。北方是鄂尔多斯草原，成吉思汗陵寝所在的地方，是黄河，是阴山、大青山，是乌兰察布草原。天是清澈的，你可以把视线放得很远。

三四百年前的武士们也望着北方，他们日日夜夜地望着，他们的神经绷得像弦，他们的目光就是离弦的箭，他们等待着远处、天的尽头烟尘腾起，大地在马蹄的敲击下震颤……

镇北台位于榆林城北，是长城上最大的一座堡台，建于明万历三十五年（公元1607年），近四百年后，它依然雄伟。

明代嘉靖年间的边将唐龙写过一首《秋日出塞》诗：

鼓角川原震，旌旗日月明。屯兵红石峡，斩将黑山城。血染芹河赤，氛收榆塞清。阴山应有泪，飞檄到神京。

诗不见好，豪言壮语而已，恐怕多半也是"吹牛"。但有意思的是诗中的地理图景，红石峡、芹河皆在榆林城北，黑山在榆林城西，"榆塞"当然是榆林。当榆林城外的这场战斗结束时，唐龙的笔一下子纵横千里，向北到了阴山，向东到了北京。

——我觉得，榆林这座城市最本质的姿态被他一语道破：眼睛盯着北方，心向着北京。榆林是警觉的武士，它很长时间里难以彻底融入和归附它身后南方的陕西。

榆林又是商人和工匠的城。他们的眼也盯着北方。

镇北台西侧的山上，一带残垣，那里曾是"易马城"。明嘉靖四十三年（1564年）建成易马城作为蒙汉贸易的市场。汉商售卖茶、布、绸缎、烟、盐，但禁止出售粮食和铁器，蒙民以皮毛、牛羊等交易，但不卖马。所以"易马城"在开始时是名不副实的，双方都对对方缺乏的战略物资实行禁运。

但商人们都来了，他们在榆林住下来。他们被称为"边商"，在此后三百多年里一直专注于对北方草原的贸易，把各种日用品运过去，把牲畜和皮毛运回来转卖、加工，榆林由此成为中国重要的皮革加工和毛纺织中心。

于是，有了榆林的"毛毯"。

8月30日下午，在纵贯榆林城的北大街，我走进一个门洞。

北大街上那些拱形门洞显然都有陕北窑洞的风格，有的是开在临街的楼房下，楼房的外立面无窗，一水儿青砖蔓砌，宛如堡垒；有的临街是一座门楼，进去后是条露天的过道，然后才是楼下的门洞；还有的风格比较暧昧，从外面看是门洞，进去后才发现门洞的两口之间是高耸的封闭空间，我不知道如何用建筑学词汇描述它，但我觉得，这有点像江南老宅。

——也不奇怪，从民间的"榆林小曲"中你也能听出江南丝竹。

后来我知道，那天我走进的那个门洞里是福生玉店。

进了福生玉店的大门，是长方形的天井，你当然是赶着马车来的，那么车就停在当院，马呢？右首楼房的墙上都镶着拴马的铁环。然后你被迎进上房，上房是两层楼，你在那儿落座，上茶、上烟，谈买卖，喝酒。酒管够，肉也管够，进大门左首的平房是专门存肉的，你要买的绸缎在上房背后的库房里。

买卖谈成了，酒也喝得醉了，就住下，右首和临街的楼房

在正房二楼看福生玉

"那时候,绸缎从苏杭进货,一直卖到外蒙古。"

都是客房。酣睡一夜后,货银两讫,你就出发了,马车上满载绸缎,那些绸缎将被裁成蒙古袍,或者铺满蒙古帐房里新娘的婚床。

福生玉这座院落原是瓷器店,二百年前被韩家买下开设绸缎庄。从房屋结构来看,福生玉应是专营批发,以对蒙古的大宗绸缎贸易为主。现在这院里左首两层楼住的仍是韩家的后人,韩先生六十多岁了,谈起先祖的事业不免感慨:

"那时候,绸缎从苏杭进货,一直卖到外蒙古。"

但现在,福生玉是榆林北大街194号,寻常的大杂院,天井里有个大煤堆。

——那么,下面就要谈到"天然气"了。

在榆林的民居中,一般当院都有一个大煤堆,煤不是蜂窝煤,也不是煤球煤面儿,而是成块儿的煤,亮晶晶的,煤质甚佳。

榆林产煤,神府东胜煤田据说是世界上最好的煤田之一,其煤特低灰、特低磷、特低硫,埋藏浅,易开采。

但榆林也有世界级的天然气田,这里的天然气一直通到北京我家的厨房,我不明白为什么榆林人自己还要烧煤。

榆林人说,因为没有钱铺设管道。榆林虽产气产煤,但地方经济其实受益有限,这里仍然是个穷地方,虽然谈起天然气储量时他们喜欢把自己称作"中国的科威特"。

那么，的确应该向榆林人民致敬，五百多年后，这座城市依然心向着北京。

榆林的眼睛也依然盯着北方。但对此时的榆林来说，北方不是战场，也不仅是市场，更是步步进逼的毛乌素沙漠。

我的朋友其实没有说错，至少在1949年以前，榆林面临着被黄沙吞没的危险，所谓"城悬紫塞云常惨，地拥黄沙草不生"，民间有"黄沙压城头"之谚。

但2000年的8月，当汽车驶近榆林时，我看到大片的沙漠被绿草定住，看到原野上层层矗立的林带，风来阵阵摆动。

——这个城没有被沙埋住，这里的人面对沙漠时同样是坚韧的战士。

8月31日的上午，在红石峡水库，我和榆林的朋友跳进水中。初秋的天，太阳晒着，水在身下渐渐地凉。岸边是玉米地，近处有一老者垂钓，我忽然说："都脱了吧！"

朋友笑："脱！"

遂把内裤挂在岸边的树杈上，向水中央游去。

红石峡水库位于榆林以北五公里，榆溪河中游，这条河也是毛乌素沙漠南侵的主要路线。那天上午我曾涉水横过榆溪河，水是清的，脚底是绵软的细沙。看来沙没能埋没河，河也没能断住沙，水在沙上流，胜负犹未定。

榆溪河

沙没能埋没河,河也没能断住沙,水在沙上流,胜负犹未定。

榆溪河是无定河的支流，无定河发源于三边高原的白于山脉，流过陕北，汇入黄河。后来，在米脂到绥德的路上，我曾与此河同行。一路看去，并无心得，只是望着两岸山上时隐时现的古烽火台，记起一句唐人诗：

可怜无定河边骨，犹是春闺梦里人。

那天爬上岸时，挂在树上的内裤已经干了。穿戴整齐，衣冠楚楚地穿过田间小径，走上公路。将近中午，学校放学，大群的中学生骑着自行车呼啸而过，朋友一指，诡笑着说："女学生。"

好吧，就谈谈"女学生"。

榆林现代史上有一所著名的"榆林中学"，它创建于1903年，大概属于中国最早的现代中学之一。著名的社会活动家杜斌丞当过校长，教师中有人们至今还记得的李鼎铭先生；它的学生群星灿烂，最有名的是刘志丹、杜聿明，还有柳青。这所中学是当年陕北地区现代化进程的重要动力，它曾确保榆林在帝国时代结束后继续是一座引领潮流的城市。

是的，榆林曾引领潮流。历史上外乡人持续不断地涌入这座城市，这座城市的人也曾走南闯北，饮食、服饰、家居、建筑直至思想，新的风尚在黄土高原边缘的这个点上汇聚，榆林因此成为一个富于魅力的城市，它引人遐想。

这就说到了"女学生"。那位内蒙古的老人惦记着的"女学生"倒未必是直接地指向榆林中学,在民国时代,"女学生"这个词曾有极丰富的意蕴,说起谁谁谁娶了一个"女学生",众人又新奇又嫉羡。"女学生"是摩登洋气的,有点遥远有点神秘有点危险,她们在我们的经验之外,"女学生"的身上隐藏着中国人近代以来追求和疑惧的那个"现代",我们在她面前有自惭形秽的不安,但她的吸引力不可抗拒。

那么,你可以说,对于它所面向的草原和它所背靠的黄土高原来说,榆林也曾是"女学生"。

榆林现在还是"女学生"吗?对此我无话可说。我能够肯定的是,走在榆林的街上,你现在看到的不是一个"洋气"的城市,无论是人的服装还是建筑。

实际上,榆林最洋气的建筑物是它的钟楼——它耸立在南北大街的中心,刷成耀眼的粉红色。楼分三段:顶部是复檐八角的亭子,中间主体部分仿如教堂,再往下则是常规的楼台和门洞。

我从未见过这样的钟楼,它真是中西合璧、土洋结合的典范,不同的建筑语言尴尬地拼接在一起,相互冲突又有一种怪异的魅力。

这座楼建于1921年阴历七月,原名"长春楼"。它的设计意图其实更为怪异,适逢陕北镇守使井岳秀寿辰,陕北二十三

长春楼

不同的建筑语言尴尬地拼接在一起，相互冲突又有一种怪异的魅力。

县士绅发动民众捐款近万元大洋，既修钟楼，又为井岳秀建"生祠"。这项"献礼"工程历时一年，于次年井氏寿辰时落成。楼里供奉了这位"陕北王"的照片、牌位，直到1949年6月榆林解放才被撤除。

本来还要立铜像的，为此专门派人赴上海铸造，但被天津《益世报》捅了出去，旅京陕西人士群起挞伐，只得作罢。如果井氏铜像真的立在钟楼前的大街上，倒也是一大奇观：建"生祠"是"民族传统"，立铜像是"外来文明"，合而观之，猗欤盛哉！

2000年8月30日，当年献给那个军阀的颂词横匾仍在，钟楼正面是：

万流仰镜

背面是：

蜚英腾茂

这必是哪位老秀才花了一番心思摇头晃脑想出来的，"镜"字暗谐"井"字，"英"与"茂"通于"秀"字，"腾"之如山，"仰"之自然如"岳"。

——说到底，不过是"吹牛"。

米脂街头的堂吉诃德
2000 年 9 月 2 日

9月1日，我到米脂。中午从佳县坐上长途汽车，一路走走停停，乘客上上下下。到乌镇时，车不走了，剩下的十几个人像货物一样被转卖给了另一辆车。然后，我们就在车里等着，乐天知命，等着不知正浪在什么地方的司机忽然想起还有一辆车等着他开。

从佳县到乌镇的路上，我已经把这本书写完了，我在脑子里已经写下了黄河之行的最后段落，此行结束于佳县，此书结束于佳县。问题是，书写完，路还长，我还要去米脂、绥德，从绥德坐上长途汽车，蜷缩在两尺宽的铺位上经过三十个小时到达西安。但在这本书里，后边的路都应是通向佳县。

司机来了，我们去米脂。

到米脂已是晚上。和几位米脂朋友喝酒，又进行了斗智斗勇的"吹牛"大战，我厚颜无耻的撒谎本领得到米脂朋友们的高度赞赏，我们由陌生的朋友变成了互搂肩膀眼泪汪汪狠掏心窝子的哥们儿。

第二天，9月2日，阴历八月初五，逢集。街上到处是赶着车、开着拖拉机的老乡。两边的店面一间间看过去也有趣，比如一家饭馆公然亮出招牌：

假冒天津狗不理

一间理发馆，窗上贴的剪字广告是：

平头烫发，代售石狮子

还有"闯王照相馆""貂蝉餐厅"，让人想起米脂历史上的男女两大名人。

米脂人说貂蝉是米脂人，绥德人说吕布是绥德人，正应了那句流传甚广的顺口溜"米脂的婆姨绥德的汉"，其实还有下句"清涧的石板瓦窑堡的炭"，但下句已经少有人提了。

"绥德的汉"后来我见过几个，果然英武挺拔，但对于"米脂的婆姨"，大街上走马观花，并无什么心得，也是有美的有丑的，平常的多，大美大丑的少，如此而已。

但我的观感很可能不准确，绥德的汉在绥德，米脂的婆姨却未必在米脂。据1995年《人民日报》的一篇报道，从1992

年到那时,三年内仅经县劳动人事部门介绍到外地工作的米脂姑娘就有一千四百多人,是年轻后生的两倍多。未经劳动人事部门介绍而出去的应该也有不少。

在佳县,我从一个小镇的街头数到街尾,婚纱摄影店竟有十四家,这肯定说明此地正经历着婚龄人口高峰;而在米脂,我看见的几家照相馆却都不曾打出婚纱摄影的广告,也许性别的长期不平衡流动已经影响了这个县的人口结构?

"三十!"

"十块!"

"十五!"

街口停一溜"面的",三言两语谈妥了价,雇一辆车,直奔刘家峁。

陕北路上,我一直散漫地读着这本书:《中国绅士——关于其在十九世纪中国社会中作用的研究》。这是美国华人学者张仲礼的英文著作,上海社会科学院出版社1991年出了中译本。

这书本不适合"马上"读,之所以带着它因为它谈的是"地主"。后来细看,其实"绅士"一词指的是中国乡村中那些有功名的人,当然他们大部分是"地主",但如果地主没有功名,比如不是秀才、举人,那么他还不能称为"绅士"。这里有一个简单的分界：绅士可以跟县官称兄道弟，县官要想当众扒下他的裤子打屁股还得先办一套麻烦的手续，非绅士呢，不管有地无地，屁股是说打就打的。所以，在古代中国，社会精英是从屁股开始确立特权的。

当然，到了民国，没了功名，绅士和地主就无从区分了，地主就是绅士。然后，人们就喊出了那个伟大的口号：

打倒土豪劣绅！

这个口号响彻大半个世纪，到1979年，所有地主"摘帽"，二十世纪中国一个基本的历史主题宣告完成，"地主"作为延续两千年的强大社会集团彻底消失了。

从小学开始，一个中国人就要填写伴随他一辈子的各种表格，那时我在"家庭出身"一栏填的是"贫农"。很久以后，我才发现，"贫农"其实是母亲的出身，我父亲的出身应是"地主"。我不记得是如何发现这一点的，只是从此再填"贫农"时就有欺骗组织的罪恶感，因为家庭出身那时通常是以父系为准。

后来，"地主""贫农"都不用填了，只需填上"干部"。这很好，我不必再为此焦虑，地主或者贫农从此与我无关；当然我知道如果不是打倒了地主我母亲肯定上不了大学，那么她生下的肯定不是我，但我难以想象作为山西芮城的一个地主少爷会是什么感觉。

大概是九十年代初，我弟弟去老家玩了一趟回来，眉飞色舞地讲述家乡的大伯如何带着他满村子转悠，转悠到著名的黄河风陵渡，大伯他老人家指着河说，以前这河上的船全是咱家的。

我们家老爷子矜持地沉默着，老太太忍不住了，一针见血地指出："老地主又翻变天账呢！"

我和弟弟大笑。

2000年9月2日，在米脂刘家峁，仰望山上巍峨的堡垒和庄园，我想：这就是"绅士"或者"地主"，他们曾经相信岁月长流，山河永固。

刘家峁离米脂县城几十里，是偏僻的小山村。这里的人不知是否都姓刘，但这里的地主姓姜。

一百二十六年前，姜耀祖站在一处高岗上，他说，就在这儿！

他选定了一块虎踞龙盘的宅基，东边对着一带山谷，未来的姜家庄园端坐于太师椅上一般背靠着北边的山，西边不远又是山谷，正南是一片平整的土塬。不必是风水先生也能看得出来，既开敞又藏气，揽月抱日，此地实为佳地。

于是，动工了。一个十九世纪的中国绅士将实现他的理想。

首先,要坚固。姜家庄园坚固无比,建筑材料全为青砖和青石。那些石头也许就是来自清涧,刘家峁一带的山皆为土山,应该不会就地取材。

直到2000年,这座庄园在上午明丽的阳光下依然如新。

坚固是为了传之久远,也是为了安全。所以,姜家庄园朝向山谷的这面是森严的堡垒,高耸的青砖堡墙几乎封住一面山,足以吓退任何可能的侵犯者,你必须一边往上爬一边抵御居高临下的弩箭或枪弹。

当然,姜家庄园可以无限期地固守,这里有粮仓,有水源,堡墙最高处的碉楼内就有一口深井。

你终于爬了上去,你看到了青石垒砌的堡门,门上一块石匾,四个大字:

大岳屏藩

姜耀祖建并署

——真是神完气足啊,四个字如四座山。

但姜耀祖又写了一块匾,这次他下笔谨慎,也许他想过很多词,都不满意,最后他决定实话实说,他写下两个字:

姜家庄园

坚固是为了传之久远，也是为了安全。

保障

这块匾刻在庄园内南墙的一处门洞上，走进去，经过长长的甬道，走出来你发现是那片土塬。这时你知道"保障"是什么意思了，原来最坚固最威严的姜家庄园是留着暗道后路的，这是姜耀祖的心里虚着的一块，他预感到终有一天他们将丢弃这庄园，从"保障"之门出逃，消失于荒野。

站在塬上，俯瞰庄园。正面是两进两跨的大院，依势层层而上；头道门上悬"武魁"匾，院内厢房应是下人所居，所以一进门你的视线就被迎面的影壁牵住，你不会留意那些下人，因为影壁上圆月洞开，一轮满月正好镶嵌着二进院的门楼，于是你就一直向前走，你被迎进去，来到明五暗四六厢的窑洞式上房大院。

这是"武魁"之家，想必姜家祖上中过武举；这又是"大夫第"，那么应该还有过官职。"大夫第"匾悬在正院右侧靠近堡门的一所偏院门上，据说那院子是子弟们读书的地方。

是的，这就是一个中国绅士的理想，他的庄园像他理想中的世界一样井然有序："谦让门""养廉门"，每一道门皆是道德之门；他的院子里坦然安置着碾子和马房，传承着古老的农耕生活；在正院和偏院之外，一幢幽静的楼阁，那是他的书房，烛光漫出镂花的轩窗，他秉烛读书。

这理想中还有一些涉及微妙的感官经验的细节，比如正房院里的石床，石床下环绕水槽，你想不出水槽里的水有何功效，原来那是防止虫子爬上去。

同治光绪年间的月光曾经照在清凉的石床上。

这就是古书上常说的"耕读人家"吧，日子安且吉，两千年的文明由此生长、存续。

姜家庄园始建于大清同治十三年，公元1874年；光绪十二年，公元1886年竣工，历时十二年。1874年，中国的绅士们还沐浴着他们最后一次胜利的余晖，这些起自乡间的书生剿灭了太平天国，那其实不是保卫王朝的战争，那是唯一一次中国式的"圣战"，绅士们为捍卫他们的文化、为拯救面临危亡的"道统"进行了卓绝的战斗。然后，1886年，正是洋务运动的高潮，再然后，就是甲午战争、戊戌变法，就是庚子事变、辛亥革命、五四运动，他们的能量耗尽了，他们和他们的文化油尽灯干。

如果我生在二十世纪初，我也会高喊："打倒土豪劣绅！"现在，在2000年，对于这个社会集团的消亡我也毫无惋惜。作为社会的中坚和精英，他们在十九世纪面对巨大的历史考验，他们怯懦、短视、昏庸颟顸，他们极端的不称职注定了他们悲惨的历史命运。

9月2日，临近中午时，离开刘家峁。车行得远了，回头看，我觉得那壮观的城堡如恐龙时代的遗迹。

那天下午，我在米脂县城的街巷中游荡。我走进一个又一个院子，看昔日繁华今日冷落，寻常人家的烟火熏黑了画栋雕梁。

——也罢了。眼看他起高楼，眼看他楼塌了，世间事原是如此。

一个院子曾是民国时期一位姓高的旅长的公馆，门前大照壁上写着标语，朱漆剥落，字迹依稀可辨：

努力办好广播站为中国人民和全世界人民服务

想必这里曾有过一个广播站，这里的人们曾经怀着另一种全球化的理想，当他们发出声音时他们感到"全世界人民"都沐浴着福音的光辉；在2000年，据说全球化正在降临，但这里已经没有声音。

在另一个院子，老太太告诉我她的祖上是举人。她拿出一张照片，一个年轻男子穿着博士黑袍站在未名湖边，她说这是她的孙子，是北大的博士，现在在美国。"要在从前，就是进士了吧？"老太太问我。

我说是，您的孙子是进士，您就是诰命夫人。
老太太受用得紧。

米脂的城墙只有一座城楼残存，其上遍生荒草，屋顶裸露着椽子和檩条。斜阳下，几个老汉闲坐街边。提起附近那座"大夫第"，老汉们话就多了：
那是常家的院子。常甫世手里盖的。
常甫世卖西瓜，一牙一牙的，切着卖。
还卖碗碗糖。
有一年过队伍，就是过大兵——
不是正派兵。
有个兵吃了西瓜丢下个布袋。
拿回来一看，全是元宝呀，象牙呀。
有了外财。
常甫世就起院子，大院修了五孔窑。
挖地基的时候，挖出驴槽扣着马槽，打开看，又是元宝。
就挂上大木匾，"大夫第"。"大夫"是专员以上的官。
门前还栽旗杆，双兜兜的旗杆。
……
我听着，我觉得老汉们喜欢这个故事，其中有人间的红火吉庆。

但二十世纪来了。1919年，刚参加了五四运动的北京师范大学学生高佩兰停学回乡成婚。次年春，她发起成立"天足会"，主张女子放足、剪发、上学、婚姻自主。

"天足会"成立那天，高家的院子里扯起几根绳子，上面挂满了裹脚布，高佩兰现身说法，指着自己的大脚说："我就是时代的叛逆者！"

叛逆者们带来一个新时代。那天高佩兰用从北京带回的米脂第一台缝纫机向米脂婆姨们演示了如何用机器缝制新式衣裳，她代表正在来临的新时代做出承诺：以后时代发展了，大家都能用机器做衣裳，再不用一针一线地缝。

"时代""叛逆""机器"，"五四"的关键词那天第一次在米脂人的耳边响起。

不久，高佩兰创办米脂女校，这是陕北第一所现代女校。

米脂女校1927年修建的校舍至今尚在，现在是米脂北街小学。9月2日那天是周六，校内寂静无人。校园的西北角上，当年的"凌云亭"依然耸立，见证着那一代人的凌云壮志。

走向操场，正面赫然竟是一座建筑考究的厕所，立在高高的台基上，庄严静穆，宛如主席台。

这厕所必是当年所建，那些狂飙突进的叛逆者们，有时你猜不出她们在想什么。

米脂女校旧址

这是陕北第一所现代女校。

街心的李自成塑像

他是堂吉诃德,米脂街头的堂吉诃德。

米脂城已近黄昏。赶集的人们皆已散去，一派冷清，只有街心那尊李自成的塑像扬刀立马。身后没有大军，身边没有人群，他更像一个孤独的散兵，不知马奔向何方剑指向谁，他虚张声势地做着姿势，尴尬、迟疑。

在榆林，一个朋友曾评论这尊塑像：模仿彼得大帝，但看上去像个瘪三。

它很可能是模仿了彼得大帝。后来在电视上，我偶然看到一尊类似的塑像立在圣彼得堡街头；它也确实像个瘪三，大概是没钱吧，这尊像塑得体量甚小，很难见出什么英雄气概。

李自成终不失为英雄，而一个古代英雄流落到2000年恐怕也只能像个瘪三。

但那天黄昏，我觉得更准确的说法是，他是堂吉诃德，米脂街头的堂吉诃德。

我问，米脂米脂，是米与脂还是米之脂？

米脂的朋友笑，说，想什么呢，当然是米之脂，而且米是小米。

查《米脂县志》，果然，上写着：

地有米脂水，沃壤宜粟。米汁淅之如脂，故以名城。

所以米脂的小米是好的，淘米的水如同牛奶或炼乳。

梦一场及遍地红花
2000年9月1日

蹑手蹑脚,或者高抬脚轻落步,随时准备跑或者被抓住,我们是两个地下工作者,我们前去联络站或地下交通点接头。

穿过大街,拐进小巷,小巷无人,早晨的阳光尚未晒干石板路上的露水,两边一扇扇院门紧闭。

到了。老高站在门前,警觉地四外望望,然后一闪身,进了院里。

我跟着,扁着身子,从门缝里溜进去。

这是个农家院落,北面、西面各有三孔窑,当院是厨房、猪圈、鸡窝和一株枣。我和老高站在西头最里边那孔窑的窗前,我们向里看着,默不作声。

窑里铺着地板革,一个老太太面对窗户坐在地上,她低着头,头发花白,一大幅剪纸横陈如一匹红缎,她手持剪子慢慢地剪着,朱红的纸在阳光下新鲜耀眼。

我们就那么站着,隔窗看;老人不抬头,不停手,似乎我们是她家窗前的两棵树。

《郭佩珍简介》,挂在窑洞墙上:

> 郭佩珍,女,出生于1932年11月,汉族,陕西佳县人。
> 郭佩珍出生于一个贫穷的农民家庭,幼年时期,受母亲影响,对中国农村民间艺术就产生了浓厚的兴趣,八岁开始学习剪窗花、捏泥人、刺绣等技术,五十多年来,从未间断,尤其对剪纸艺术,更是精益求精,具有很深的功底。她的作品有大有小,风格独特,大到长10米,宽1米,小到0.25平方厘米。代表作有《清明图》《百猫图》等。90年参加首届中国民间剪纸大奖赛,……94年参加首届中国民间巧女工艺品大奖赛,获优秀奖。

老高捅捅我,悄声说:"大生产。"

是,我也看出来了,那幅剪纸是"大生产"。这个寂静的早晨被一位乡间老妇剪裁得喜气、欢闹,满天烟霞。

我们终于推门进去。郭佩珍摘下老花镜,慢慢地看人,她认识老高:"这是老高啊。"但她不认识我,老高说:"这是小李。"

"噢,李同志。外边来的?"郭佩珍问。

"是,外边来的,北京来的。"老高大声说。

郭佩珍笑了。郭佩珍笑得很远,我觉得她仍然静静地坐在笑容后边。

我不知道她在说什么,我听不懂佳县话。我注视着她,听她絮絮地说。她似乎也不在意别人是否在听,她微笑着说下去,有时抬手抹去眼角的泪花。

她的声音如流水一样。我仔细听,终于听出了两句,时隐时现地一直在水上漂:

"都是白闹腾。总觉得梦一场。

"白闹腾,梦一场。"

老高在我耳边说:"去年老伴儿死了,老太太心情不好。"

坐在炕上,郭佩珍向我们一件件展示她的作品:剪纸大的大如炕席,展开来满堂皆亮;小的小如指甲,一只鸟或一朵花,在她的掌心颤动着,脆弱、精巧,一阵微风便吹去。

还有虎头鞋和虎头帽、面捏的三个娃娃、泥人儿的唐僧取经、一幅刺绣上一对戏水的鸳鸯、两条布鱼。

还有照片上一堂精致的纸活,那是金碧辉煌的纸扎的世界,有宅院房屋、桌椅柜床,有牛马猪羊、红花绿树……

作者与郭佩珍老人

这是人间，人间原是如此华丽、完美，遂人心愿。但"人间"无人，人已死了，人死如同远行，当他上路时，这堂纸活也会烧掉，青烟缭绕，让他带走对这个世界的记忆。

只有在永不复归的记忆中，人间才是完美的。

后来在北京，我给朋友们看那幅剪纸，宽约一米，长约一米五，这是我花四百块钱向郭佩珍买下的。

朋友们仔细看，他们默不作声。

画面的右侧是依山而建的楼阁，陡峭的山路上有一人提着水桶拾级而上；两个老者正在楼上对弈，他们在下象棋，一人捻髯思虑，一人手拈棋子，沉吟未落；弈者之间，格子花窗上飘着一个胖娃娃。

然后，就是铺天盖地一世界的繁花，一株花树盛开，占满了画面，花间鸟在飞，仙鹤宛颈低回，繁花枝头挂着一轮太阳，而那山、那楼、那人也像是那株巨大的树开出的花。

在画面的中央，一块石碑上刻着字：

千年古树开花

梦一场

——终于，有人说话，他问："你要把它挂起来吗？"

我说是，我打算把它镶上镜框，挂起来。

那人说:"还是不要挂了吧,太悲凉,挂上不祥。"

我在地板上把这幅剪纸展开,我又一次看它,我想它真是悲凉的,无限悲凉。

原来无比的红火、热闹就是梦一场,世界就挂在那棵终于开花也终将凋谢的树上——

一位地质学家曾经和我谈起黄河。我像所有人一样忧心忡忡:黄河要干了,怎么办呢?

怎么办?地质学家正襟危坐,答曰,一条河并非亘古长存,它和人一样,是有生命的,有生有死。一条河消失了,这对人是大事,但对地球是无关紧要的细节。

就地质和气候变化的长期趋势而言,黄河已经老了,人不过是加速了它的衰老。长期是多长?永远有多远?那是几千年几万年几十万年,对于一件暗自进行了几万年的事来说,人的干预是吹向车轮的风,车轮还是向前。

那怎么办呢?

地质学家把烟头在烟缸里摁灭,说,人尽自己的力。

后来,在路上,我读圣埃克絮佩里的《人类的大地》,我发现他和地质学家有一致的观点。这个飞行员在天上飞,俯瞰大地,他看到的是无边的海洋、无边的荒漠和高山,有时他看到远处的星光,飞过去,他惊喜地发现那是人类的灯火。

人类的灯火在大地上是微弱的,地球表面绝大部分区域并不适合人类居住。每当圣埃克絮佩里在一个有溪流、草地和农舍的地方降落,他都有巨大的喜悦和感动,他知道人能在这里安居其实是一个奇迹,脆弱的奇迹。

但人必须安居,就像地质学家说的,"尽自己的力"。

安居的日子中有石头一般坚硬的悲凉。人间其实不如意。

比如郭佩珍,在9月1日的早晨,我跟着老高鬼鬼祟祟地探访她,生怕有人发现我们的踪迹。老高神色紧张地告诉我,只要外边来了人,我们这儿都说,老太太没了。不让往家里领。

"为什么?"我问。

"为什么?"老高冷然一笑,"老太太没了,别人的剪纸就卖了。"

所以,郭佩珍已经很久没有见过"外边的人"了。她"没了"。

老人就在这"没了"的日子里剪下了《千年古树开花,梦一场》。她剪了四个月,"一边想,一边剪",每天早晨,一个人坐在窗前,借着新鲜的阳光。

那样的时刻,这个被冷酷的利益算计支配着的世界就像一盆黄河的水吧,泥沙渐渐地沉于水底。

在宁夏的海原，我曾去探访花儿歌手马生林。站在他的院子里，我觉得这家是荒芜的，这日子是荒芜的。

院子里堆着砖，那是马生林用县里资助的五百块钱买回来的，打算修补破旧的房。拉砖回来的路上，放蜂人的卡车驶过，儿子被大群的蜜蜂蛰得头大如斗。

五十岁的汉子压弯了腰，马生林站在那儿，目光是混浊的，他没有看我，他看着某个很远的地方，忽然，他唱了：

冰冻三尺口子开，
雷吼了三声者雨来。
山洪缠着走不开，
坐下是无心唱起来。
……
尕妹妹好比清泉的水，
越淌着嘛越清凉。
二哥好比路旁的草，
越踏着嘛越孽障。

我很难描述他的声音，我觉得那不是从胸腔里共鸣出来的，是从嗓子眼里挣出来、挤出来的，那是一口气息，干燥、尖厉，带着抽泣，那口气拔地而起，越飞越高，你提着心，觉得它随时都会断掉，但它还在飞，而且渐渐飞得舒畅、缭绕。

这歌声是脆弱而华丽，像剪纸，剪纸也是脆弱的、易毁的，但剪纸总是最鲜的红、最亮的黑。

所以，最终我认为我从郭佩珍那里带回的那幅剪纸并非一派悲凉。看看那些花儿，它们多美啊，这是千年古树开花，是最干枯的地方开出的花，它就像歌声从干枯的日子里飞出来，飞到蓝格盈盈的天上。

9月1日，我在佳县。关于佳县，本来有很多话可说：这是"铁佳县"，是建筑在山顶上的城池，易守难攻；这是革命的、红色的佳县，《东方红》由这里的一个农民首先唱出；这是诸神的佳县，西北最大的道观白云观香火鼎盛；这是穷佳县，一个恶毒嘲讽佳县人的笑话在山陕一带广泛流传——每一家饭馆在倒掉面汤之前都要当街大喊："有没有佳县人？没有可就倒了！"原来贫穷的佳县人有喝面汤的特权；这又是红枣的佳县，一袋红枣换一袋米，枣树把根须伸得长而远，汲取黄河之水。

但我只说佳县的黄河。

黄河浩浩荡荡地流过佳县。我随着它走了一路，我一直觉得它是疲惫的、家常的。在兰州的河边，有"黄河母亲"的雕塑，一位富态的太太和一个胖男孩儿；在郑州也有"黄河母亲"：饱满的妇人正在给一个胖孩子喂奶，她的衣襟却严实得紧，所以实际上只是做了一个哺乳的姿态。我不明白主其事者是怎么想的，在我的眼里，黄河是被岁月磨去了欲望和激情的老人，不管它是男性还是女性，它的形象已被一双狂暴而残酷的手所塑造。

但是现在，在这里，它忽然放开了，它雄浑壮阔，它急躁地奔流，它在黄土高原上冲开一条深峻的峡谷，不管前方等待着的是怎样的命运，它已经失去耐心，它要更快更激烈地走去，让一切来临。

这才像黄河，铁佳县的黄河。

站在河边，对面是山西庆阳的克虎寨，背后是佳县，前方是佳芦河汇入黄河的河口。

佳县本为"葭县"，佳芦本为"葭芦"。蒹葭苍苍，白露为霜，所谓伊人，在水一方。9月7日，阴历八月初十，即为"白露"节气，那天我正好从西安回到北京，结束黄河之行。那么，在9月1日的河边，我其实已看到了"白露"时的苍苍蒹葭。

看黄河。它从六月流到九月，从青海流到佳县。在它上游的大城兰州，诗人老叶在6月3日向我讲过黄河源头草原上的故事：

有个放羊的藏族老人，他的院墙是用酒瓶子垒成的，无数洁净的、透明的酒瓶，夜晚，月光就在他的玻璃墙中流淌。

当羊吃草时，老人就躺在草地上喝酒，酒喝完了去卖羊，卖羊的钱去买酒，喝空的酒瓶子垒起院墙……

还有一件事，是一位摄影家告诉我的：

也在河源，有一天他走进一个藏族人家，看见宽敞的院子里遍地红花，用鲜红的纸扎的花。原来这家有个小姑娘，她梦想着红花开遍草原……

——这水现在流到了佳县，这是洗过那玻璃墙的水，而小姑娘的红花漂到了一位老妇人的心头和眼前。

我感到黄河已不须再看。它是看不尽的，但一个人不能无休无止地看它。

我已看过。

佳县方言中，关于"看"、关于看着世界的"眼"、眼上的"眉"有很多词组：

平眉正眼、猪眉狗眼、精眉俊眼、瘪眉饱眼、低眉下眼、立眉竖眼、酸眉醋眼、瞎眉绽眼、哭眉丧眼、鬼眉怪眼、死眉瞪眼、慌眉兔眼、冷眉冷眼、没眉没眼、善眉善眼、青眉白眼、丢眉扯眼、笑眉歌眼、喜眉乐眼、凶眉恶眼、哭眉怵眼、疾眉砍眼、真眉捉眼……

佛有十万八千眼，人也有十万八千眼，无限眉眼看黄河。

在河上

无限眉眼看黄河。

自吕梁而下

2019 年

　　此山自黄土高原站起,左手按下去一个晋中盆地,跨晋中、向太行;右手隔黄河指陕西,黄河浩荡犁开黄土,奔赴壶口而去。

　　这是吕梁山,一山断秦晋,分出西北华北。

　　关于吕梁山,我知道什么?

　　我知道吕梁,儿时看过连环画《吕梁英雄传》,后来读过马烽、西戎的《吕梁英雄传》。

　　吕梁是山西一个地级市。

　　由《吕梁英雄传》,我知道,抗日战争中,这里是日军所抵的最西之地,在这里,吕梁英雄拦住了他们,再不能向西。

　　马烽是文学史上山药蛋派的代表性作家,二十世纪八十年代末他自山西来京,任中国作协党组书记,我曾在不同场合远远见过他。

　　吕梁有好酒,汾酒。

去往贾家庄

有好酒处必有一条好水，汾水。

汾水之南有汾阳，现在是吕梁辖下一个县级市。

汾阳有郭子仪。郭子仪平安史之乱，功比天高赏无可赏，最后封了汾阳郡王："好一条老汉他本是关中人，救唐王平天下他封在汾阳。"

汾阳姓郭的人必定不少，比如郭德纲，祖籍汾阳，不知从哪一代离了汾阳去天津，生了个小儿子就叫郭汾阳。

汾阳有贾樟柯。贾樟柯的电影里，汾阳是宇宙的中心，飞机、火车、长途客车、大卡车、小汽车、自行车，来来往往载着人在世上奔忙，自汾阳出走、向汾阳归来。

最后，我到了汾阳才知道，汾阳有个贾家庄。贾家庄本不是贾樟柯的庄，但贾樟柯现在以此为家，办一个活动叫"吕梁文学季"。此来正是为此。

这一晚，贾家庄里上演山西梆子《打金枝》。

广场上，黑地里站满了人，男男女女，指指点点，忽然风翻荷叶，笑成一片，有孩子骑在大人脖子上仰天看月。此情景仿佛贾樟柯的《站台》。《站台》里的野台子是在遥远的、无限遥远的二十世纪之末，台上台下鼓荡着野地般荒凉的欲望和苦闷，眼下这台戏却已到2019年，鲜花烈火、富丽堂皇。

锣鼓起，大幕开，汾阳郡王把寿筵摆。

郭子仪今日庆寿诞，金玉满堂好儿孙一双一双上前拜，偏剩下小儿子形单影只名叫郭暧,却原来,郭暧的妻,唐王的女,升平公主她摆起了架子不肯来。

小郭暧,气冲冲,回宫找到公主说明白。说明白就说明白,天下事有黑就有白,公主道,君是君来臣是臣,哪里有为君的倒把臣来拜!

郭暧闻听气冲斗,没有我老郭家卖命,哪有你老李家的江山来!

——这个破韵押不下去了,总之,郭暧急了怒了,一抬手,打了公主一巴掌。

打老婆啊,这是家暴!今天下午几位女作家女学者刚刚在村里另一个台子上讨论了女性地位和女性权利,晚上这个台子上就一耳光打出了父权夫权和男权的威风,郭暧这厮他是不是觉得他是个男人就比皇帝还大就比天还大,他这是要用一巴掌来宣布世界是他们的归根结底还是他们的,他这是丧心病狂啊他就是比封建皇帝还大的反动派!

但台子上下,戏照唱,戏照看,男男女女并不肯就此翻脸。我们之所以在寒风中看戏,不是因为我们没看过,《打金枝》谁没看过呢?中国的戏看的就是熟人熟戏熟悉,人生如戏、戏如人生,我们就是要在戏里把我们熟悉的人生温习一遍,神州不会陆沉、天下不会大乱、打金枝不会闹成打离婚,因为熟悉,所以安然。

一出《打金枝》,根本要义就是三个字,北方话叫"和稀泥"，八级泥瓦匠，南方话叫"捣糨糊"，上海老阿姨。南北同心，天下同理，说的就是一个过日子难得糊涂。戏台上，郭暧和公主青春明亮照人，年轻，所以遇事要分明，公主论君臣，郭暧讲父子，忠和孝针尖麦芒；公主论名分，郭暧摆功劳，名与实如火如水，这日子过不下去了，这世界眼看就要翻车。谢天谢地，还有唐王有郭子仪，年纪一大把胡子一大把，早知道这个理讲不清，这个架打不得，我大唐靠的是老郭家拼命冲杀，老郭家反大唐又得拼命冲杀，这个架打起来，就要从家里的坛坛罐罐打到山河破碎一地，一场安史之乱，总人口减少三分之二，难不成再减三分之二？于是，唐王骂闺女，郭子仪捆儿子，哄得小两口重归于好，从此后和和美美过日子，红红火火、地久天长。

此时月朗星稀，台上台下的人，最终都是笑了。这戏唱了几百年，从封建主义的明清唱到半封建半殖民地的民国，唱到了新中国。山西梆子唱、京剧唱，几乎所有地方戏都唱，唱遍天下州府，所唱的就是时间中的智慧、老生老旦长须白发的持重稳当。

——倒也不仅是中国，自有人类大抵如此。山洞里走出一个人，一抬头，前边还有一个人，两个人往前走，前边又有一个人，三人围兔总好过一人逐兔，于是合作打兔子。但三人行必要吵架，打到兔子，烤熟了，必有四条兔腿三张嘴的分配难题。那就谈，比一比谁的功劳大，谈好了，继续一块儿打兔

山西梆子《打金枝》

台上台下的人，最终都是笑了。

子，蛋白质供应充足；谈崩了，分道扬镳，各追各的兔子，忙几天各自追不到眼看要饿死，人类文明危乎殆哉。荷马史诗《伊利亚特》里，阿喀琉斯就狂怒了，宣布兔子不打了，自己要回山洞了，因为他作为强者未能公平地得到强者的报偿。这个小郭暧，也是个阿喀琉斯啊，打老婆当然是绝对错误，但是，他真正怒气冲冲提出的问题是，郭家为王朝立下了如此巨大的功劳，我们是否得到了公平。年轻人的血气和冲动把这出戏、把世界推到了悬崖边上：你要的是什么公平呢？莫非你要当村长当皇帝不成？唐王和郭子仪必须把这个悬崖上的问题糊涂到平地上去。所有胡子长的人包括孔子、柏拉图、亚里士多德，他们都站在唐王和郭子仪一边，他们接受世界的不完善，他们深思熟虑、老奸巨猾，他们通过《打金枝》宣传推广老年的、安静的德性。

戏散了，贾家庄的路上清辉如霜，路两边是高树，早春疏朗的枝杈印在幽蓝的天上。回到住处，是几幢仿建的老式洋房：徽因水坊、焕章别墅、正清金屋等等。徽因是林徽因，焕章是冯玉祥，正清是费正清，他们都曾来过汾阳，他们来过贾家庄吗？应该来过的吧。现在，吕梁山下，中国的肘腋之地，他们毗邻而居，可以开会了。

我本一俗人，当然希望住到林徽因家，白日里被人领着一路走来，一抬头，却是站在冯先生门前。我真的不想住在他家，我是文人书生,与冯相处不安,地久天长、一夜安眠还是住在林家。1934年,梁思成、林徽因与费正清夫妇相偕来到汾阳考察古建筑,彼时伪满洲国已经成立,希特勒已经上台,五洲震荡,天下欲沸,他们却注视着那些老的、旧的事物,那些在岁月中经受磨损,经历风雨、地震、兵火而依然幸存依然屹立的事物,那些不变的、具有长须白发的恒久品性的事物。而冯先生,很难想象他对此有什么兴趣,1930年,风云突变,军阀重开战,蒋介石一方,阎锡山、冯玉祥和桂系一方大战中原,阎、冯战败,冯借阎一角地暂且容身。这个人注定不能在吕梁山下安居,他身上有洪荒之力,他的天命就是破坏一个旧世界。1924年北京政变,冯先生大闹一场,到最后出其不意、声东击西,一把撕毁1911年的《清室优待条例》,驱赶溥仪出宫。戏不是这么唱的呀,台下众人大惊。对!老子要的就是你们这大吃一惊,《打金枝》的戏散了吧,不再有悬而未决,不再有犹豫留恋,不再有揖让和糊涂,从此后白刃相见、水落石出。这个民族正处生死存亡的危机,在危机中把一切视为例外,更何况不过是一纸《优待条例》。

这座房子小了,这张床也小。冯先生会撑破这间卧室。我不知道他的确切身高,我看过照片,他比合影者高出一大截,他是巨人猛虎,这个人必对他周围所有的人形成威迫,他在乱世中啸聚起庞杂的大军,他会在暴怒或故作暴怒中狠抽部将的耳光,耳光啪啪响亮,将军立正站好,然后他会命令将军在他的卧室外彻夜站岗。现在，我的房门外可能就站着这样一个倒霉的将军，《打金枝》的世界不复存在，他心中一千架渔阳鼙鼓一起擂响，安史之乱正动地而来。

忽然想起，多年前读陈公博回忆录，二十世纪三十年代，中国被日本迫上悬崖，汪精卫、陈公博等结成"低调俱乐部"，他们认为他们有"理性"、世界大势了然于胸，他们断定中国无法与日本对抗，中国太弱了，必须寻求妥协。但是，冯玉祥这个"莽夫"，他坚决认为必须打、只有打，陈公博在回忆录中带着蔑视、带着秀才遇见兵的无奈写道，每次谈到中国所面临的种种不可能时，冯大爷根本不听，只有一句话，打！打到胜利！

——历史站在这高昂壮硕的血性汉子一边，把那群整洁消瘦、彬彬有礼、"体面""理性"的绅士们扫进了垃圾堆。在危机状态中，历史由血气翻腾的激情和决断所写定。1924年，冯玉祥把溥仪轰出紫禁城，绅士们莫名惊诧，他们被冯的决绝鲁莽吓住了，胡适甚至说，这是民国史上最不名誉的一件事。后有鼠目寸光者看大事，以为没有当年的仓皇出宫，或许就不会有后来的伪满洲国，其实只要脑筋稍微转个弯就能想到，假如溥仪仍留在故宫北平，在日本掇弄下难保不会搞出更大的烂事。在1924年，胡适见不及此，冯先生自己也没想那么多，胡适讲客气，冯先生则不管三七二十一掀了桌子。哪有什么地久天长，真要长久的话，皇帝如今还坐在宫里，时间猝然提速，世界轰鸣，欲绝尘而去，现在，需要一个鲁莽无畏的人来解决这个

BUG（缺陷），他一抬手就解决了它，顺便以绝对的轻蔑，宣布了那个长须白发、请客吃饭的温良恭俭让的旧世界的完蛋。胡适吓了一跳，王国维吓了一大跳，吓得都不想活了，他们未必多么爱大清爱溥仪，他们只是深刻意识到了这件事背后的逻辑。

在这个太行与黄河之间、吕梁之下的村庄里，林徽因、梁思成、费正清和冯玉祥成为邻居，他们被博物馆化了，被从各自的世界中提取出来，如安放在玻璃柜中的藏品，各自被灯光聚焦、照亮，各有各的心事。现在，冯玉祥从这幢房子走出去，在花园里，碰见了深夜未眠的梁思成和林徽因，他们会谈些什么？在1930或1934年，他们或许无话可说，道不同不相为谋，话不投机半句多。但如果再过些年呢？比如1944年，林徽因千里流亡，僻居宜宾李庄，卧病在床，据说，她的儿子梁从诫曾经问她，如果日本人打进四川怎么办？林徽因说："中国念书人总还有一条后路，我们家门口不就是扬子江吗？"

——此时这一腔血，林和冯是一样的。

再过五年，1949年，冯玉祥昔日的部将傅作义签署了北平和平解放的协议，固然是兵临城下、大势不可当，但战场双方的商量何尝不是出于对这古都、这故宫，对民族生活的长久岁月和恒常价值的眷念和珍重。而此前一年，冯先生已殁于黑海的船上，彼时，他正满怀憧憬地奔赴新的中国。

贾家庄里，梁思成、林徽因、冯玉祥，见那边遥遥走来一个童子,走近了,却是马烽。1930年,马烽八岁;1934年,马烽十二岁;1958年,马烽三十六岁,在贾家庄完成了《我们村里的年轻人》剧本初稿;1959年,电影在国庆十周年前夕上映。——夜里,我在冯玉祥的房间从电脑上搜出了这部电影,那是六十年前的中国故事,2019年,我来到了这个故事的根基所在:贾家庄。这吕梁山下的村庄,千百年来贫困、孤独,四千亩可耕地中两千八百亩是盐碱地,它在封闭、脆弱的生存循环中耗尽全部能量。一代一代人老去,时间周而复始。但是现在,时间挺直了,时间获得了方向,这里有一群年轻人,他们要打开这个村庄,劈开两座大山、跨越三条深沟,从远方引来清水,洗去盐碱,让这里成为流淌奶与蜜的地方。

在网上,我读到了刘芳坤、田瑾瑜两位山西学者合写的论文,她们敏锐地注意到了剧本中一个意味深长的现象,尽管片名是"年轻人",但在马烽的行文中,却始终贯穿着一个集体的、抽象的指称——"青年":"一伙青年正在锄地,一个个汗流浃背。""青年们纷纷报名。""歌声继续着,青年们在未打通的那段崖上和塌下来的巨石上打着炮眼……"在山西人的口语中,其实是不使用"青年"这个词的,这不是吕梁山和贾家庄的词,它来自北京、来自普遍性的现代汉语书面语,从梁思成的父亲梁启超的"少年",到李大钊的"青春",到陈独秀的"新青年",青年是决绝地向未来、向现代而去,是血气、激情和梦想,是断裂然后创造,是旧邦的新命。必须是"青年",不能是"一伙年轻人正在锄地,一个个汗流浃背","年轻人纷纷报名","歌声继续着,年轻人在未打通的那段崖上和塌下来的巨石上打着炮眼",这其中隐含着一种老年视角,"年轻人"终将被收回自然的生命周期、周而复始的日子,而"青年",这个使山西人、使贾家庄人感到陌生的、不自然的词,以它超出日常经验的光芒和生硬,拒绝被注视,拒绝被收回,它喻指着,它本身就是宏大的历史主体,将这个村庄向着未来和现代打开。

——忽然想起,我其实是很近地见过马烽的。1990年底,我从被停刊的《小说选刊》调到《人民文学》,去八里庄鲁迅文学院的招待所和《人民文学》的主编程树榛见面。老程和马烽都是从京外调来,暂住招待所。马烽苍老,就是一个饱经风霜的老农,他和夫人正围着一个电炉子下面——山西人啊,想必是自己擀的面——像招呼一个年轻人一样,他说,来一碗?

我很后悔没有吃一碗马烽的面。

归去来兮,调到北京的马烽大部分时间仍在山西,过了几年终于彻底回去。这不是他第一次回去,建国初期,他就在中国作协工作,1956年终于在三十四岁时回山西,挂职汾阳县委副书记,从此,他在贾家庄有了家。这里不是他的家乡,他的家乡在吕梁地区的孝义,但汾阳、贾家庄离吕梁山更近。在一张1980年的照片上,我看见马烽走在贾家庄的乡亲们中间,整个人明朗舒展,是走在他的风光、他的山川里。

天亮了，一群人去看马烽当年所居的小院。进得门来，迎面是马烽的坐像，他端坐在椅子上，依然老年形象。我忽然想，这是不对的，马烽是青年，是新青年啊，他属于在二十世纪塑造中国的青春洪流。二十二岁的马烽和比他小半岁的西戎写出了《吕梁英雄传》，来此之前我专门找了一本带上，这是一本多么粗糙的书，但正是这种粗糙令人震撼折服，事件与行动、抉择与战斗，密如疾风猛雨，作者和读者都不能停留、无暇沉吟，必须奔跑，在混乱的战场上拼死和求生，没时间，也不应该把这一切编织成严密周详、熟练得包了浆的故事，战争和危机中的书写不是绣花，是立即开枪。

但在这一切的底部，有一个根本逻辑：生命、时间、历史的循环必须打破，为了使世界获得前行的动力，必须张扬身体的澎湃"血气"，老成持重、深思熟虑是怯懦的，糊涂和忍让是可耻的，悬崖之上，只有搏斗，再无苟活。吕梁英雄们秉青春之血气，雷石柱、康明理、孟二愣，这些康家寨的年轻人，说服、带动、反抗他们的长辈，义无反顾地把这个村庄推入了滚滚向前的历史。当青年们和强行入侵的日本鬼子干起来的时候，他们也就把康家寨打开了，从此这个村庄进入现代历史、奔向一个现代世界。直到《我们村里的年轻人》，决心创造新生活的高占武依然不得不与长须白发的高忠爷争辩，在后者看来，年轻人畅想的未来不过是少不更事、痴人说梦。而在影片上映的 1959 年，黄河那一边的柳青正在对《创业史》第一部做最后的修改。年轻的梁生宝力图打破祖祖辈辈的命运循环,在此地,走异路,变成别样的人们,但他的身上却不仅是血气,而更多俄罗斯式的沉思、忧郁,甚至是马烽暮年的苍老……

现在,贾樟柯走进马烽的小院,马烽会对他说什么?以我的直觉,垂暮之年的马烽不是一个喜欢教导别人的人,很可能,他只是从大碗上抬起眼,说一句,来一碗?但是,如果是写《吕梁英雄传》的二十二岁的马烽、写《我们村里的年轻人》的三十四岁的马烽,贾樟柯碰见他、我碰见他,我们又会说什么?2019年,我五十五岁,贾樟柯四十九岁,我们已是比马烽更老的老人。

谁知道呢?贾樟柯的电影,终究也是关于"我们村里""我们县里"的年轻人,马烽在片名中使用"年轻人"或许是对口语、对日常经验、对恒常土地和岁月的妥协,而在贾樟柯这里,"年轻人"似乎正在从"青年"中离散出去,变成加速器中向着四面八方漫射的原子。

但谁知道呢?也许有些事仍然在,马烽把康家寨,把贾家庄置入了广大的空间、广大的世界,历史不再是时间问题,不再是仅由时间标定的价值,他和柳青,他们把时间空间化,向着远方和远景、向可能和不可能敞开和扩展。当马烽遇见贾樟柯,他会发现,空间仍在,但那已不是隐喻和转喻,那就是必须使用交通工具去跨越和抵达、去置身其中的地理空间,这不再是《伊利亚特》,这是《奥德赛》,奥德修斯们是否记得回家的路，还是，他们的家在路上？

在贾家庄，我待了两夜。第一夜，是《打金枝》；第二夜，是音乐会。

暮霭沉沉，钢琴在流淌弹跳飞翔。这不是音乐厅，这是幽蓝的天之下，这是群山之间。乐声透明、饱满，似乎上空膨起一个巨大的玻璃的气泡，收拢着珍惜着所有的声音，让所有的声音闪闪发亮。

我忽然想到，此行竟不曾看见吕梁山。我想起上一次，也是第一次来到吕梁，那是二十多年以前，大概是1994年，由太原奔孝义，在孝义大醉，上车一路西行，醒来时，下车，唯见荒烟蔓草。余醉未消，我问，吕梁山何在？

我记得，同行者笑道，醉了醉了，脚下便是吕梁山。

2019 年 11 月初稿

2022 年 2 月 20 日下午 1:30 定稿

我一无所知

——2001 年的序，2022 年的跋

有一段时间，有句话在朋友中间流传：

我对世界一无所知。

这话是刘震云说的，是刘震云随口而出的诸多格言中的一句。像所有的格言一样，它有炫目的表面效果，也有经不起深究的混乱，它是一个把水搅浑的漂亮动作。

它很有效。有一天，有记者问："能不能用一句话说出你对黄河的感觉？"

我愣了一下，我知道我必须说出一句格言，我灵机一动，万分诚恳地说：

"我对黄河一无所知。"

那位记者很满意。

沿着黄河，我从甘肃、宁夏、内蒙古走到陕西，从六月走到九月，我当然不是一无所知，我的问题是难以确切地说出自己所知的是什么。我不仅在旅行，我最终还要写作，面对电脑时我审视我的经历和感觉，努力逼近，看清它。

史蒂文斯曾把这样的工作比作"擦玻璃窗"，这真是一件不容易的活儿。

关于黄河，人们说得太多了，玻璃窗上有厚厚的尘埃落定。它几乎不是一条被看到的河，而是被说出的河。

我曾经设想，我可以把自己擦得干干净净，似乎我从未见过这条河、从未听说这条河，这条河似乎第一次被人，也就是被我看到和描述。但我发现这很难做到，黄河不是异域，黄河就流在我的血管里，流过一个中国人的前生今世，你得拿出绝顶的矫情才能假装自己从不认识它。

我认识它，就像认识我家楼下的那条街道。但我真的认识那条街道吗？冷清的店铺里神色恍惚的店员、无休无止拉着胡琴的乞丐、擦车的孩子、站在深夜寒风中的女人、兜售盗版光盘的瘸子、遛狗的老人，还有街上匆匆走过的所有人，我认识他们吗？

同样，行于河边，我感到熟悉、亲切，我也感到巨大的陌生。我见到了很多的人和事，但见得越多，我越觉得在这一切下面肯定有更广阔更深邃的事物是我没有见到、难以接近的，我时时意识到它们的存在——就像一个人行于黑夜的荒原，你的火把或手电照亮你眼前的路，这时你敢说你对世界不是一无所知吗？

所以，行走黄河的结果就是我不敢轻易地谈论黄河。在此之前，我可以滔滔不绝地谈论它，谈论黄河两岸的土地、人民、历史和文化，但现在，我不敢了。我回到北京，回到书斋生活，我看到报纸、杂志和一本本的书中，我的同行们在高谈阔论，黄河哺育了一个古老民族的文明和文化，关于这种文明和文化，这个民族的知识分子可以像解剖一具尸体一样超然自信地做出分析和判断，似乎我们已经完全掌握了它的本质，就像牢牢地抓住了一块石头。

但黄河不是石头，文化也不是，它们是水。行于河边时，我为它浩大的、流动不居的多样性而惊叹。地质、气候、血缘、语言、饮食、服饰、房屋、作物……还有人的表情、人的信仰、人的记忆，人们感受、思想和表达的方式，等等等等，十里不同风，百里不同俗，这千里万里的河流和大地是如此纷繁多彩。没有这种无限的多样性就没有这个民族，没有这个被人谈论的中华文明和文化。

那么，反过来看，我们究竟是凭借什么论定和说出它的"本质"的呢？不是凭着对这种多样性的认识，而是凭着对这种多样性的麻木不仁，凭着一种遮蔽和抹去民族生活丰厚、复杂质地的强大冲动。我们从未站在河边，过去一百年来人们实际上是站在塞纳河边或泰晤士河边看黄河，以为一目了然。

我们的话如同尘埃泥沙,黄河如果干了,也是被人说干的。

我为什么还要说?

原因有二:

第一,我答应了人家,从黄河回来,我要说点什么;

第二,我要说的在很大程度上不是黄河,而是我在河边的日子。黄河使我有了几十个富饶丰满的日子:喧闹、沉静、鲜艳、晦暗、快乐、沮丧、放浪、庄重。它们在此前此后的日子里闪闪发光,我乐于回忆它们,从中选出十几个日子在电脑上重新过一遍。

我尽量避免对着黄河夸夸其谈,我只对着我自己:这个人行于河边,他看到了什么?他如何理解他所看到的事物?他做出理解的背景是什么?他真的理清他的印象和思想了吗?

对这一切,我毫无把握,写的时候我感到比行走更为困难,我常常觉得很多话是说不清的,我还不能把"玻璃窗"擦得锃亮,达到一种坚硬透彻的确切和明晰。

但事情的有趣之处也在这里,我在差不多一个月的时间里写完了这本书,这是一次激越的写作经验,如同飞翔,御风而飞,飞在广大、混沌、难以测度的地方。

每到一个地方，我都得告诉那里的人们我是谁，我来干什么。我看他们，他们也用陌生的目光看我，我这辈子不曾那样没完没了不厌其烦地自我介绍。

"我是谁？"——这渐渐成了一个重大问题，在河边的日子里，它成了面对黄河时必须解答的问题。

那么，至少，我确认，我是黄河的后裔。

图书在版编目（CIP）数据

上河记 / 李敬泽著 .— 杭州：浙江文艺出版社，2022.11
ISBN 978-7-5339-6837-3

Ⅰ . ①上… Ⅱ . ①李… Ⅲ . ①散文集－中国－当代 Ⅳ . ① I267

中国版本图书馆 CIP 数据核字（2022）第 066498 号

策划统筹	曹元勇
责任编辑	易肖奇
责任校对	唐 娇
营销编辑	耿德加　胡凤凡
责任印制	吴春娟　睢静静
封面设计	人马艺术设计·储平
版式设计	朱云雁
数字编辑	姜梦冉　诸婧琦

上河记

李敬泽　著

出版发行	浙江文艺出版社
地　　址	杭州市体育场路 347 号
邮　　编	310006
电　　话	0571-85176953（总编办）
	0571-85152727（市场部）
印　　刷	上海盛通时代印刷有限公司
开　　本	889 毫米 ×1194 毫米 1/32
字　　数	186 千字
印　　张	9.875
插　　页	4
版　　次	2022 年 11 月第 1 版
印　　次	2022 年 11 月第 1 次印刷
书　　号	ISBN 978-7-5339-6837-3
定　　价	69.80 元（精装）

版权所有　侵权必究

一本书打开一个世界

欢迎订购、合作
订购电话：0571-85153371
服务热线：0571-85152727

KEY-可以文化　　浙江文艺出版社　　京东自营店

关注 KEY-可以文化、浙江文艺出版社公众号，及浙江文艺出版社京东自营店，随时获取最新图书资讯，享受最优购书福利以及意想不到的作家惊喜